UNA CITA CON EL DESTINO

Ella parpadeó, con la esperanza de que ese hombre parado en la entrada fuera sólo un espejismo, o un vendedor que se parecía mucho a su ex-novio, o quien fuera menos Mateo Esquivel.

—Hola Isabela.

El le regaló su sonrisa que a ella alguna vez le había parecido tanto simpática como sensual. Pero no quería pensar en eso. No en este momento.

—¿Bonito peinado? —agregó, con un tono esperanzado en la voz.

No. No era un espejismo. —Gracias por fijarte—dijo ella, y se apoyó contra el marco de la puerta, fingiendo una serenidad que no sentía, y se felicitó por controlar su voz para que no se le notara ni su asombro ni su terrible horror. Siete años, y ese hombre todavía el poder de hacerla sentirse perdida...

SUEÑOS DE ISABELA

Tracy Montoya

Traducción por
Nancy J. Hedges

PINNACLE BOOKS
KENSINGTON PUBLISHING CORP
http://www.encantoromance.com

PINNACLE BOOKS son publicados por

Kensington Publishing Corp.
850 Third Avenue
New York, NY 10022

Copyright © 2000 by Tracy Rysavy

Spanish translation copyright © 2000 by Kensington
Publishing Corp.

Traduccion por Nancy Hedges

Primera edición de Pinnacle: October, 2000
10 9 8 7 6 5 4 3 2 1

A mi querido grupo de crítica, Suzanne Macpherson, Kim Fisk, Pipper Watkins, y también a la versión virtual de Sue Peterson por aportar las risas, el chocolate y la corona. Y a José, porque jamás ha dudado de mí, ni por un momento.

Prólogo

Isabela Santana supo que Mateo estaba decidido a dejarla, aun antes de que lo supiera él. Ella no se explicaba qué era exactamente lo que la había llevado a esa conclusión — simplemente *lo supo*. Quizás fuera la pesadilla recurrente que la despertaba a las tres de la madrugada todos los días durante las últimas dos semanas — en la cual Mateo y la mujer bella e insulsa la abandonaban entre ruinas en llamas sin darle la menor importancia. O quizás fuera por las miradas fugaces que él echaba por encima de su hombro mientras caminaban juntos por la universidad. O bien, podía ser por la paranoia egoísta que sentía cada vez que invadía su mente aquel odioso término: *distanciamiento*.

Pudo haber sido por toda una serie de cosas — una mirada, una caricia no hecha, una pausa demasiado larga entre un beso y otro. Fuera lo que fuera que le había hecho pensar que estaba a punto de perderlo había hecho que Isabela se sintiera como una niña pequeña e indefensa que se aferraba a un amado amigo imaginario que se le desvanecía como el mismo aire.

Ella se incorporó y se sentó en el fotón, estirándose para mirar el despertador. Eran las tres de la mañana y un minuto.

Se acomodó y abrazó sus rodillas, girándose ligeramente para mirar a Mateo que dormía a su lado. Estaba
acostado boca arriba con la sábana enredada en la cintura, y su pecho bronceado y musculoso subía y bajaba
con el ritmo del sueño. Se tapaba los ojos con un brazo
— sus hermosos ojos color azul zafiro que a Isabela
siempre le provocaban una sensación de desmayo.

Y sabía cómo le iba a doler si se estrellaba.

Y no era precisamente psíquica. Simplemente la asediaba una maldita intuición que hasta la fecha jamás le
había fallado. Como su madre, que había soñado con la
muerte de su primo en un accidente automovilístico la
noche antes de que lo supiera el resto de la familia. Y
luego su abuela. Todo el mundo decía que Isabela era
idéntica a la *abuela,* hasta en su habilidad para ganar en
los juegos de azar y su extraño don de pronosticar el
clima.

Bueno, psíquica o no, fuera cual fuera la causa de este
sueño, fuera lo que fuera que la hacía fingir y sonreír
hasta el punto de descomponérsele la cara — el caso es
que la estaba volviendo loca. Estiró la mano por debajo
de la cama para sacar una prenda que estaba tejiendo, y
pronto se perdió en el suave ritmo y chasquidos de las
agujas. Los patrones le eran tan conocidos que ni siquiera tuvo que prender la lamparita de la mesa de
noche. Sus hermanas siempre se burlaban de ella porque
el tejido era un pasatiempo de viejitas, pero le calmaba
los nervios y le despejaba la mente durante noches como
ésta.

Mientras agregaba hilera tras hilera al suéter de lana
azul — un tono de azul que resaltaría el color de los ojos
de Mateo — los recuerdos del pasado le inundaron la
memoria. El día en que lo conoció, cuando se matricu-

laba para sus estudios de posgrado en la Universidad de Washington en San Luis, le bastó mirar aquellos ojos tan impactantes para que se le cayeran los libros al suelo, desparramándose a los pies de él. Había reconocido entonces, igual que lo reconocía ahora, que jamás habría otro hombre en el mundo para ella aparte de Mateo.

Un año después seguía siendo cierto. Durante toda su vida ella había sido una estudiante muy aplicada. Hasta había evitado tener novio para poder dedicarse en cuerpo y en alma a trabajar duramente para terminar el doctorado que la dejaría regresar a las ruinas mayas en Copán, Honduras, que la fascinaban desde su infancia. Ningún miembro de su despreocupada familia había comprendido jamás su gran afán por los estudios, lo único que se podía suponer era que al tener tres hermanas, quizás Isabela quisiera lograr algo totalmente suyo. Para ella y para nadie más.

Como Mateo, que pronto ya tampoco lo sería.

El fuerte timbrazo del teléfono en la sala del pequeño departamento de Mateo la asustó y la hizo apartarse de sus pensamientos. Dejó caer su tejido en la canastita que guardaba al lado de la mesa de noche de Mateo, e Isabela deslizó las piernas hasta el borde del fotón matrimonial y se puso en pie. Una sensación de terror se apoderó de ella. Al escuchar el gemido sofocado de Mateo a sus espaldas, aceleró sus pasos como si contestar el teléfono antes de que él se despertara fuera lo más importante del mundo.

—¿Sí? — al acercar el auricular al oído, su voz salió en un tono más grave que lo normal, empastada por el sueño

—¿Querido?—ronroneó la voz de una mujer—. No puedo dejar de pensar en ti, y tuve que llamar...

—¿Quién habla? —preguntó Isabela con tono exigente, y apretó el auricular para controlar el temor y la furia que se debatían dentro de ella. Ella sabía perfectamente de quién era la voz, aunque aún no estaba preparada para que su pesadilla se hiciera realidad.

—Es-s-te... —hizo una pausa la mujer—. Disculpe. Pensé que era Mateo.

—¿Quién es usted?—Isabela se dio cuenta de que su voz rayaba la histeria y trató de armarse de valor— ¿Quién *demonios* es usted?

Su única respuesta fue que la mujer en el otro extremo de la línea colgó.

El notorio genio Santana se apoderó de ella, e Isabela tiró el teléfono contra la pared. El aparato protestó con un fuerte tintineo. Al levantar la mirada, Isabela descubrió a Mateo parado en el marco de la puerta de su habitación.

—¿Quién llamó? —dijo, mientras recorría los dedos por su magnífico y abundante cabello de color azabache; tan hermoso que a Isabela le dieron ganas de llorar. Ella lo miró mientras éste se frotaba la cara con una mano, y esa simple acción despertó en ella el deseo de volver a poseerlo.

—¿Qué te pasa?

La expresión de preocupación en su rostro era más de lo que Isabela podía soportar. Cuando Mateo se le acercó, ella dio un paso hacia atrás, buscando con una mano tras de ella la puerta del armario para sacar su abrigo.

—Tengo que irme.

—Isabela...

Pero ella ya se había ido.

Al día siguiente, ella observó desde el otro lado de los

jardines de la universidad, cómo la mujer cuya cara insulsa y armoniosa le resultaba ya conocida, corría al encuentro de Mateo y lo abrazaba al salir él del edificio donde había tomado su última clase. Vio cómo Mateo besaba a la mujer largamente y aquel momento le pareció una eternidad, a pesar de haberle prometido que jamás miraría siquiera a ninguna otra mujer. Isabela sintió que se le doblaban las rodillas y maldijo sus sueños por ser siempre ciertos. En ese momento, la mujer la descubrió, la miró y le sonrió por sobre el hombre de Mateo. Era la misma sonrisa malvada que había despertado a Isabela todas las noches durante las últimas dos semanas.

La risa de la mujer retumbó como un eco en su mente. Isabela dio media vuelta y se encaminó al otro lado de los jardines — con pasos controlados, colocando un pie delante del otro. La vereda le pareció infinitamente larga, pero alcanzó llegar al edificio más cercano con la frente erguida. La nieta de Lupe Santana jamás lloraba.

Esa tarde, Isabela se dio de baja en la Universidad de Washington y abandonó para siempre San Luis.

Capítulo Uno

siete años después

—¿Hicieron *qué?* —la doctora Isabela Santana arrojó de golpe un expediente sobre el escritorio del profesor Blakely y le echó una mirada que haría que cualquier hombre menos valiente que él se echara a correr, llorando para refugiarse en las faldas de su mamá. Un montón de papeles volaron por el aire y flotaron para volver a caer de nuevo al escritorio, pero el jefe del departamento se había limitado a sonreírle, encogiéndose de hombros.

—Isabela, tú eres la mayor autoridad en cultura maya que he visto en años, y tu investigación sobre los ritos de entierro superó a todas las demás investigaciones del departamento. Probablemente del mundo. Pero todos sentimos que te sería de gran beneficio trabajar con un epigrafista del calibre del doctor Esquivel en la excavación de Honduras.

El doctor Blakely se quitó los anteojos en forma de media luna y los limpió con la punta de la arrugada corbata que ella le había regalado la Navidad pasada. Claro que entonces estaba arrugada.

—Su trabajo sobre las Escalera de los Jeroglíficos en Copán es una obra maestra, cuanto menos —continuó él—. Él viene como participante en un programa de intercambio académico que hicimos con Harvard. Nosotros enviamos a la doctora Plum por su experiencia con los sistemas de matemáticas aztecas para trabajar con ellos en sus excavaciones de México. A cambio, nos enviaron al doctor Esquivel —Blakely se encogió de hombros como gesto de disculpa—. No quisimos quedar mal con Harvard por no cumplir con el trato, ni siquiera por ti.

—Ay, mamita, qué barbaridad...

Isabela se detuvo para respirar hondamente, y cerró los ojos al pensar por centésima vez que le habría convenido más ser maquilladora como su hermana Flor en lugar de pensar durante un solo momento en llegar a ser arqueóloga.

—Pero, ¿por qué? —preguntó, al abrir los ojos para mirar fijamente al doctor Blakely—. ¿Por qué me ha de convenir que el doctor Esquivel se entrometa en *mi* excavación? Acaba de llegar, y trajo consigo su fama de ser rebelde. ¿Y además me lo ponen de codirector? Yo he sido la directora de la excavación, solita, durante tres años.

Blakely le regaló la mirada paternal y conciliadora de costumbre que ponía cada vez que ella se dejaba llevar por sus emociones. Él era su mentor y era su amigo, y personificaba para ella su única esperanza de ser aceptada por la prestigiosa Universidad de Lafayette como la primera mujer catedrática de carrera en el departamento de estudios latinoamericanos.

—Porque él se ha dedicado durante años a la investigación de las Escaleras. Por eso —dijo Blakely mientras se quitaba los lentes para mordisquear la punta del armazón—santa seña de que a ella no le agradarían sus próximas palabras—. Y tengo que confesar que en la facultad seguimos algo preocupados por el incidente del verano pasado.

Isabela se dejó caer sobre una de las percudidas sillas de caoba frente al escritorio desorganizado de Blakely. El incidente del verano pasado. Ni siquiera quería pensar en lo que le dolía que la alta jerarquía considerara que necesitaba la protección de un hombre por algo que pudo haberle pasado a cualquiera.

—Yo no tuve la culpa —Isabela meneó la cabeza sin poder aceptarlo—. Yo sé que perdimos algunos artefactos en el robo, ¡pero sucedió a la luz del día delante de todos! Quien haya cometido el robo fue todo un profesional, y ningún grupo de pobres académicos y voluntarios habría podido impedirlo. Esta vez nos hemos provisto de medidas de mayor seguridad. Yo...

—Isabela —dijo Blakely alzando la mano—. Nadie en el plantel docente pone en tela de juicio ni tu trayectoria ni tu capacidad para evitar catástrofes. Pero no podemos dejar que vuelva a suceder este tipo de sabotaje en una excavación de tanta importancia. Ellos sienten que el proyecto podría beneficiarse contando con dos directores; dos personas trabajando juntas para conservar, registrar y lo que es más importante, proteger el Templo 10 y el área adyacente.

—¿Y debo de suponer que es una pura coincidencia que este nuevo integrante sea hombre? —dijo Isabela, bajando un poco su tono de voz para suavizar sus palabras. Blakely era una buena persona y uno de los mejores en su campo, pero a veces era muy pesado.

—Así es, pero yo he pensado que este hombre en especial puede —Blakely se despejó la garganta— estar un poco más dispuesto a tener en cuenta tu teoría de que alguna vez hubo una mujer en el poder en la sede del imperio maya.

Él le sonrió a Isabela y se acomodó en su silla, aparentemente satisfecho de haber introducido en la conversación lo que él consideraba una buena noticia.

Ella tamborileaba las uñas sobre la madera agrietada del descansabrazos de la silla, al son del ritmo del viejo y ruidoso aparato de aire acondicionado colgado en la ventana de Blakely. Deslizó la mirada a lo largo de los estantes que cubrían la pared oriental del cuarto, uno de los cuales servía de vitrina para unas máscaras de jade pulido del período clásico medio maya. Los hoyos de los ojos la observaban con sus enormes bocas abiertas y burlonas. *¡Madre de Dios!* pensó, hasta los dioses mayas se burlaban de ella.

Aunque de hecho su equipo había sido responsable del descubrimiento del Templo 10, una edificación pequeña en el límite de la acrópolis de la antigua ciudad, Isabela reconocía que no podía usar eternamente como escudo ese descubrimiento realizado hacía tres años. Este año hasta le había costado mucho trabajo convencer al departamento de que presupuestaran los fondos para su excavación, dado que ellos pensaban que tres años eran más que suficientes para explorar una edificación que según su criterio era de poca importancia. Su renuencia había obligado a Isabela a revelar antes de tiempo, su teoría de que había habido una sola mujer que había reinado en Copán en medio de toda la dinastía de reyes. Polarizados respecto a la validez de sus investigaciones, los jefes de departamento habían reducido el presupuesto, y Blakely ya le había informado que iban a terminar su proyecto al final del verano; salvo que ella pudiera descubrir alguna prueba significativa para justificar la continuación de sus labores.

Entonces, había ocurrido un milagro. Ella comió con un encargado de becas de la Fundación Quinn y de repente se había encontrado explicando con lujo de detalles todos los aspectos de la investigación que tan en secreto había mantenido durante los últimos tres años. Para su asombro — y para el asombro del encargado de becas — la Fundación aportó los fondos restantes. Sin embargo, ni esa fuerte cantidad sería suficiente si Lafayette decidía retirar su apoyo.

Era una amenaza que la asediaba como una cuchilla de guillotina a punto de cortarle la cabeza. A pesar de la supervivencia de la historia sobre la Dama Roja a través de las mejores crónicas orales hondureñas — y a pesar de que Isabela hubiera asentado un fuerte cimiento para poder demostrar que una reina maya había reinado alguna vez en Copán — los vejetes chapados a la antigua que encabezaban el departamento de estudios latinoamericanos de la Universidad de Lafayette veían a Isabela como una mujer quijotesca. La mayoría de ellos opinaban que no cabía la menor posibilidad de que pudiera haber existido alguna mujer con tanto poder como para dominar a los mayas. Sólo Blakely y unos cuantos de sus colegas más allegados apoyaban sus investigaciones.

A Isabela le parecía que el baluarte exclusivamente masculino de todo lo relacionado con la arqueología en Lafayette era por el simple hecho de que les molestaba cualquier cosa relacionada con el poder de cualquier mujer. Por el amor de Dios, Carla Jean Baker, la encargada de la limpieza del Colegio Mayor Grimley, los ponía de nervios. Y de ser cierto lo que decía Blakely y según el archivo de la escuela, las últimas cuatro mujeres que habían sido candidatas para ser catedráticas de plantilla en la universidad los habían vuelto casi locos. Entre las mujeres del plantel docente se rumoreaba que cada una de las cuatro había sido rechazada por cuestiones menos que sustanciosas, y se dudaba de la buena fe de sus colegas hombres.

—Isabela, sígueles la corriente —Blakely se inclinó sobre el escritorio y acarició una pieza de piedra precolombina—. No les des ni la menor oportunidad de rechazarte por ser conflictiva.

—Jamás lo harán —declaró Isabela con firmeza, y alzó la voz demasiado al decirlo. El pánico empezaba a apoderarse de ella. No se podía permitir un fracaso.

Ella cerró los ojos, y durante un momento se sintió como si de nuevo fuera aquella niña de cuatro años que no conocía a su padre y cuya madre alcohólica la había abandonado un día en la puerta de la casa de un tío para no regresar jamás por ella. Podía casi escuchar las palabras de sus tías solteronas mientras susurraban fuertemente al verla parada en la puerta de la hermosa casa de su nueva familia: *Vela nomás. Pobrecita. Ya le dije a Rafael que no le queda otro remedio más que acabar como la insensata de su madre. La sangre habla.*

Los ojos de Isabela se abrieron de repente y apretó el descansabrazos de la silla hasta que se volvieron blancos los nudillos de sus manos. No, simplemente no se podía permitir un fracaso.

—Yo la encontraré —dijo, al levantase de la silla para colocar las manos sobre el borde del escritorio de Blakely—. Y en cuanto la encuentre, se acabará el reinado absoluto de los hombres, tanto en los textos de la historia maya como en este departamento.

Blakely se rió, y cruzó las manos encima del suéter amarillo mostaza que le cubría su panza algo abundante.

—De eso, Isabela, no me cabe la menor duda. Lo único que te puedo decir es que ya era hora.

Ella le sonrió, y juntó los papeles que había arrojado al aire momentos antes, para meterlos de nuevo en el expediente. Les seguiría la corriente, eso sí. Pero ella pondría las reglas del juego.

Porque no estaba dispuesta a permitir que nada ni nadie le impidiera lograr este descubrimiento por sí sola.

Ni siquiera Mateo Esquivel.

—Flor, necesito que me hagas un favor —Isabela pronunció las palabras a regañadientes al hablar al auricular del teléfono que sostenía con su barbilla contra el hombro. Ella sabía cuál sería la respuesta de su hermana —la reina de la belleza— en cuanto supiera de qué se trataba el favor. Con gran destreza, podó varias ramas secas del rosal amarillo que colgaban de la enredadera de su veranda y frunció el entrecejo.

—¿Qué pasó? —respondió Flor. Flor era de buen corazón, siempre dispuesta a ayudar cuando cualquiera de sus tres hermanas la necesitaba. Sin embargo, no era tan buena como para no recordárselo a Isabela en todas y cada una de las reuniones familiares de los meses por venir.

Isabela respiró profundamente y desembuchó las palabras.

—Necesito que me ayudes a arreglarme el cabello.

Tras unos cuantos cortes expertos con sus tijeras de podar, varias ramitas secas cayeron sobre las sandalias que calzaba. Las rosas amarillas se movían con la brisa, emanando su fuerte perfume que hacía que Isabela cerrara los ojos para disfrutarlo mientras esperaba la respuesta de su hermana. Ya estaba. No había sido tan difícil.

—¿Qué clase de ayuda, querida? —preguntó Flor con un tono de voz empalagoso.

Isabela se preparó para escuchar las palabras de autocomplacencia obscena de su hermana como respuesta a su petición: *ya te lo dije.*

—Quiero que me lo dejes bonito —dijo, apoyando un momento las tijeras sobre el barandal de la veranda mientras tomaba una ramita que se le había enganchado en la bastilla de su short color caqui. Aparte de ver cada episodio de *La Casa de Moda* de MTV, Flor se sentía destinada a convertir a todo el mundo en modelo de alta moda como ella misma. Y no le agradaba que Isabela hubiera prescindido de ella hasta este momento.

—¡Ay! ¡Gracias a Dios! Ya me preguntaba yo cuándo me ibas a dejar mano libre con esas greñas. Hace años que me lo deberías haber pedido. ¿Te imaginas cómo me siento siendo la única estilista en *La Casa Rufino* que tiene una hermana cuya fotografía salió en una revista nacional con una franja negra tapándole los ojos?

Igual que Isabela, el casi imperceptible acento hondureño de Flor aumentaba con el nivel de emoción que sentía al hablar.

—*Una negada para la moda.* Yo fui la Señorita Nueva Orleans, y fui finalista en el concurso de la Señorita Louisiana — y habría ganado de no ser por que la Señorita Thibodeaux rellenó su sostén— y para mi propia hermana, mi misma sangre, la moda es tabú. Fue muy humillante. Bueno pues, ya me toca la revancha, hermanita. Y ya que me vas a dar el gusto, te voy a llevar de compras.

—¿Para qué? —preguntó Isabela, tratando de parar el flujo de palabras que emanaban del auricular del teléfono. Se arrepintió antes de terminar de terminar la pregunta.

—Mi querida hermanita, es la primera vez desde que llegaste al mundo en que has mostrado algún interés por tu feminidad. Y no voy a desperdiciar esta oportunidad, por *eso*... Isabela abrió la boca para hablar, pero Flor aún no había terminado. Te apuesto a que puedo describirte con lujo de detalles cómo estás vestida en este momento. Tienes, como siempre, el cabello atado en una cola de caballo, a pesar de que te he explicado mil veces que esos elásticos te iban a cortajear el pelo. Y llevas puesto un short percudido con una camiseta de color azul oscuro o verde.

Isabela se rió, y levantó las tijeras de nuevo para podar cuidadosamente la planta.

—Te equivocas. Es de color turquesa.

—Casi atiné —contestó Flor—. ¿Qué te parece mañana? Y a propósito, ¿a qué se debe tu repentino deseo de remediar tu pésimo gusto?

—¡Ay!

Isabela se sacó una espina del dedo pulgar y alzó la mano hacia su boca, preguntándose si su decisión de pedirle ayuda a Flor había sido la correcta. Sin embargo, era la única de sus hermanas con quien Isabela podía ser totalmente abierta. Desde el día en que su verdadera madre la había dejado en la puerta de la casa de Rafael y Dolores Santana, Flor — cuatro años mayor que ella — había dejado de ser su prima y se había convertido inmediatamente en su hermana y mejor amiga. Y no pudo haber escogido a mejores padres. Isabela respiró profundamente.

—Lo que menos deseo es que él piense que me he abandonado desde la última vez que me vio.

—¿A quién te refieres con lo de la última vez? Te has vuelto tan exquisita para los hombres desde... ¡No! ¡No puede ser Mateo!

Isabela asintió con la cabeza, olvidando durante un instante que Flor no podía verla a través de la línea telefónica.

—Está aquí.

—Estaré contigo en media hora.

Fiel a su palabra, Flor llegó a las cuatro y media en punto, y el chirrido de las llantas de su Mustang convertible parecía fuera de lugar en medio de la tranquilidad de esa tarde en Nueva Orleans. Isabela observaba desde la veranda de su casita de una sola habitación cómo Flor deslizaba sus bronceadas piernas delgadas por la portezuela del coche, para luego ponerse lentamente de pie revelando su altura de un metro setenta y cinco y su cuerpo delgado vestido de tela elástica. Nadie se bajaba de un automóvil con tanto estilo como lo hacía Flor. Alguno de los novios de su hermana la había descrito como: *un poema con un poco de salsa.*

Isabela se acomodó en su vieja y percudida silla mecedora de ciprés y se colocó sobre la frente una lata gélida de Cola dietética para refrescarse un poco de la humedad persistente. Se había dado una ducha diez minutos antes, pero su maldito grueso cabello castaño ya estaba empapado de sudor. Flor, por supuesto, se veía perfecta al pavonearse por la entrada con su pantalón *capri* negro con un corpiño verde limón de tela elástica y zapatos de plataforma. Si Isabela se pusiera el mismo atuendo, parecería un melón.

—Hola Flor —dijo al observar la manera en que su

hermana se contoneaba al subir los tres escalones de la entrada de la casa.

—Hola. ¿Ya estás lista para lucir bella?

Flor colocó su maletín de maquillaje a un lado de la mecedora y alborotó la melena rizada de Isabela con su mano libre, mientras acariciaba a Hermoso, el omnipresente perrito Lasa Apso de Flor. Isabela retrocedió un poco al escuchar los ladridos del perrito que parecían disparos de una ametralladora.

—¿Ves? Hasta Hermoso opina que necesitas ayuda.

Flor dejó de moverle el cabello y se sentó sobre el viejo columpio rechinante de la veranda, acariciando al perrito entre sus horrorosas orejas. Hermoso inclinó la cabeza; tenía un pequeño moño del color del corpiño de su mamá, y miró despectivamente a Isabela. Durante el invierno, Flor le dejaba el pelo largo, y lo usaba como modelo, igual que cuando estaba en la escuela de belleza. Ahora era pleno verano, sin embargo sólo el pelo en su hocico llegaba a más de cinco centímetros de largo. El pobre se veía como una mezcla de pastor inglés con rata.

—Flor, yo no comprendo cómo puedes vivir con ese microperro sin pisarlo o sentarte encima de él. No llega ni a los veinte centímetros.

Isabela bebió lo que quedaba de refresco y tiró la lata al bote de reciclaje que tenía atrás de una maceta con una palmera. Cayó con un golpe ruidoso, y provocó todo un ataque de ladridos por parte de Hermoso.

—Quieto, nariz de calabaza, quieto —Flor levantó a su mascota hasta mirarlo directamente a los ojos—. No le hagas caso. Tú sabes que tu *mami* jamás se sentaría encima de su precioso Hermosito. Eso sería de muy mal gusto —rozó su nariz respingada contra la nariz negra de botón del perro—. Démonos un beso.

Isabela cerró los ojos.

—No te atrevas. No en mi veranda.

Al abrir los ojos de nuevo, Hermoso estaba sentado de nuevo sobre el regazo de su ama, y tanto él como Flor la miraban con expresiones angelicales.

—Ese es tu problema, hermanita... —empezó a decir Flor.

Isabela puso los ojos en blanco y se preparó. Sabía perfectamente que recibía un auténtico sermón cada vez que Flor empezaba una oración con: *Ese es tu problema, hermanita.*

—Tú pasas demasiado tiempo con palas en miniatura y con los trastes viejos de la gente, y te has convertido en una viejita amargada. Cuando yo tenía tu edad...

—Cuando tú tenías mi edad —la interrumpió Isabela—, estabas casada con Pepe. Pero él ya está muerto, Flor, y no creo que exista otro Pepe en el mundo, al menos no para mí.

Flor se levantó, colocó a Hermoso a los brazos de Isabela, y extendió la mano para tocar el cabello de Isabela una vez más mientras su mirada se perdía en el espacio con una expresión triste en el rostro. Flor se había casado con Pepe a los diecisiete años, un hombre que tenía el doble de edad que ella. Y aunque la mayor parte de la gente que los conocía opinara que se había casado con él por su dinero, su matrimonio había sido sumamente feliz hasta la muerte repentina de Pepe, por un infarto, hacía dos años. Isabela recordaba el gran dolor de su hermana como indicio desgarrador del amor verdadero que sentía por su esposo.

—No hay otro Pepe en el mundo y punto —dijo Flor, mientras se agachaba para levantar su maletín de maquillaje y colocarlo sobre el barandal de la veranda. Sacó un peine y empezó a atacar la salvaje mata de rizos de Isabela—. Pero eso no significa que el resto de los hombres del mundo sean como el desgraciado ese de Mateo. ¿Y qué anda haciendo aquí?

Mientras su cabeza se mecía de un lado al otro por las embestidas del peine, Isabela le contó a Flor lo poco que sabía por Blakely respecto al nuevo puesto de Mateo como codirector de su nueva excavación.

—Yo sé que es una estupidez, pero cada vez que veo a un hombre del departamento que camina como él o que tiene su mismo color de cabello, me echo a correr. Y créeme, en la universidad hay muchos hombres de cabello negro. Isabela esquivó la mano de Flor y torció su cuerpo para mirarla directamente a los ojos, tomando precauciones para no tirar a Hermoso al suelo mientras el pequeño animal le lamía un dedo con su lengua rosada. Tengo que dejar de comportarme como una niña, pero no sé cómo. La mera idea de volver a ver a Mateo me aterra.

Flor retrocedió un paso y entrecerró los ojos observando la cabeza de Isabela.

—Reflejos.

—¿Cómo?

—¿No confías en ti misma? Hazte reflejos. Cuanto más rojizos, mejor. Flor abrió su maletín y sacó una pequeña caja de cartón y un montoncito de hojitas de papel de estaño. —Cuando uno se ve bien se siente bien, dijo repitiendo el lema de *La Casa de Rufino*. Y cuando te sientas bien, podrás caminar por todo el departamento con la frente alta. El desgraciado de Mateo se quedará pasmado al verte.

A pesar de estar más allá de la situación, Isabela no pudo más que sonreír.

—¿Tú crees?

—Te lo digo yo —dijo Flor, sacando una capa de plástico y colocándola sobre los hombros de Isabela. Y ahora, entremos en la casa, y cuando vuelvas a salir por esa puerta, te verás como una reina, o te juro que me raparé la cabeza.

Desafortunadamente para Flor, cuando volvió a salir por esa puerta Isabela no se veía como una reina ni mucho menos, pero aun así no insistiría en que su hermana se rapara la cabeza por ese simple comentario.

Después de una hora que le había parecido una eternidad, sintiendo su cabello retorcido, embarrado con algo pastoso y luego envuelto en paquetitos de papel aluminio, Flor le dio un respiro a la pobre cabeza de Isabela, mientras su cabello absorbía el tinte. Isabela se había sentido renuente a teñirse las gruesas mechas de cabello del color que Flor había elegido: un rojo sirena. Entonces su hermana, para llegar a un acuerdo con ella, había accedido a teñirle unas hebras menos gruesas del mismo color rojo sirena.

Mientras Isabela se miraba en el espejo del baño, y observaba lo extraño que se veía su cabello con las hebras de cabello extendidas por todos lados con los pequeños paquetes de papel aluminio que parecían receptores de energía solar, sonó el timbre de la puerta.

—¿Flor? llamó Isabela. Flor, ¿puedes contestar la puerta? No hubo respuesta. —¿Flor?

Extendió las manos detrás de la espalda para desatar el nudo que sostenía la capa al nivel de su cuello. Si tenía que abrir la puerta, entonces haría todo lo posible para minimizar su aspecto de medusa.

Finalmente logró desatar el nudo, y tiró la capa de plástico sobre una de sus antiguas y desparejas sillas de ciprés.

—Caray. ¿Por qué no llaman antes de venir?, murmuró al soltar la cerradura para abrir la pesada puerta de madera.

Mateo.

Ella parpadeó, con la esperanza de que ese hombre parado en la entrada fuera sólo un espejismo, o un vendedor que se parecía mucho a su ex-novio, o quien fuera menos Mateo Esquivel. Especialmente cuando su cabeza parecía un satélite.

—Hola Isabela.

Él le regaló su sonrisa de medio lado que a ella alguna vez le había parecido tanto simpática como sensual. Pero no quería pensar en eso. No en este momento.

—¿Bonito peinado? —agregó, con un tono esperanzado en la voz.

No. No era un espejismo.

—Gracias por fijarte —dijo ella, y se apoyó contra el marco de la puerta, fingiendo una serenidad que no sentía, y se felicitó por controlar su voz para que no se le notara ni su asombro ni su terrible horror. Siete años, y ese hombre todavía tenía el poder de hacerla sentirse perdida.

¡Sigue respirando! se ordenó solita.

Mateo se pasó los dedos por el cabello, una vieja costumbre que normalmente indicaba que estaba descontento o nervioso. Aparte de algunas hebras plateadas que brillaban bajo la luz del sol, Mateo se veía exactamente igual. Su camiseta color oliva y pantalón de jean no podían ocultar el cuerpo musculoso que parecía tan duro como una piedra y tan perfecto como la última vez que habían estado juntos. Maldito fuera.

—¿Qué haces aquí? —Isabela mantuvo la voz calmada, como si su llegada repentina no la hubieran impulsado a correr calle abajo, con las mechas envueltas en aluminio y todo.

—Bueno, pues quería hablar contigo. Quiero decir, dado que vamos a ser socios...

—Yo no soy socia de nadie, Esquivel. Ésta es mi excavación, le espetó disparando las palabras como si fueran balas de metralleta–, y no la tuya.

Él inhaló profundamente, y luego soltó el aire a través de los labios apretados.

—Me vas a poner trabas, ¿verdad?

Isabela se limitó a cruzarse de brazos. Era ridículo pensar que una mujer de 1.65 m. pudiera intimidar a un hombre de más de 1.90, pero por lo menos tenía que intentarlo.

—Bueno —continuó lentamente—, si esto tiene algo que ver con lo de San Luis...

—¿San Luis? —dijo ella frunciendo el entrecejo y alzó la mano para tocarse la sien como si tuviera que pensarlo muy a fondo—. Ah, ahora recuerdo. No, Mateo, no tiene nada que ver con lo de San Luis. Esto no tiene nada que ver con una relación que terminó hace muchos años. De lo que se trata es que yo no necesito quien me cuide. Al pronunciar esas palabras, Isabela sintió cómo los paquetitos de papel aluminio se agitaban hacia arriba y hacia abajo, y no pudo más que pensar en lo ridícula tenía que verse.- La Dama Roja es mía. He trabajado demasiado como para dejar que alguien se aproveche de mí. Un *hombre* a quien con gusto la universidad le dará todo el crédito del descubrimiento para evitar reconocer a una mujer y aceptarla dentro del "Club de los Cuates."

—¿Aprovecharme de ti? —dijo Mateo, y dio un paso

hacia el costado para sentarse en el columpio de la veranda. Estiró las piernas ante sí. La miró y dio unos golpecitos de impaciencia. ¿Y supongo que tampoco necesitas la información que saqué de la Escalera de los Jeroglíficos para encontrar a la Dama Roja?

La Escalera de los Jeroglíficos era uno de los monumentos más impactantes de Copán; un archivo magnífico de todos los reyes de la ciudad — un rey por cada escalón. Desafortunadamente, una gran parte de la Escalera se había destruido en los años veinte durante un terremoto, incluida la parte que podría haber contenido la información respecto a la Dama Roja.

Isabela sacudió la cabeza.

—Imposible. Esa Escalera fue reconstruida al azar por algún profesor idiota de *Harvard* durante el siglo XIX — dijo, enfatizando un poco al mencionar el *alma mater* de Mateo. Y todo lo que pudieron haber reconstruido correctamente se derrumbó completamente durante un terremoto que tuvimos a principios de este siglo. No hay manera alguna de que pudieras leer lo que los mayas escribieron ahí.

—Y si te dijera que sí, ¿y que sí lo leí?

Lo único que quería hacer ella en ese momento era borrarle la sonrisa petulante al tipo.

—NO TE CREO—dijo ella, pronunciando cada palabra cuidadosamente para que no cupiera duda.

Él se encogió de hombros.

—Tú te lo pierdes, Indiana. Pero te adelanto que te va a costar muchísimo trabajo encontrar tu tumba sin mí.

A Isabela se le erizaron los pelos al escuchar que Mateo la llamaba por su apodo familiar. Desde que su hermana menor había visto la película de *Los Cazadores del Arca Perdida,* la familia de Isabela había empezado a llamarla *Indiana,* por más que ella tratara de convencerlos de que no le gustaba. Las imágenes de esa película les había dado una idea muy exagerada de su profesión, y la imaginaban pendiendo de barrancos, buscando tesoros en cuevas llenas de trampas y derribando a los malhechores con una patada. Mateo había empezado a llamarla *Indiana* igual que su familia después de su primer encuentro con sus padres, y siguió llamándola así durante toda su relación. Pero ya no existía ninguna relación.

—Si me vuelves a llamar con ese nombre, y echaré tinta sobre tu cabeza hasta que tu cabello se vuelva color de naranja.

—Y ante esta encantadora invitación, dijo Mateo levantándose del columpio, yo me retiro.

Una hebra larga de cabello de la parte superior de su peinado le cayó sobre los ojos, y lo echó hacia atrás aparentemente sin pensar.

Todavía la dejaba sin poder respirar.

Las tablillas del piso de la veranda crujieron mientras éste dio dos pasos en dirección a ella, pero se detuvo justo cuando estuvo a su alcance. Alzó la mano y tocó uno de los paquetes de papel aluminio.

—Antes no hacías estas tonterías —dijo casi susurrando. Isabela levantó la mirada y se encontró de repente casi hipnotizada por sus ojos; azules como las partes más profundas del mar Caribe—. Espero que no sea por mí.

Le guiñó un ojo y retiró la mano.

Hizo bien, porque de lo contrario, Isabela le habría pegado.

—No te creas tan importante, Esquivel. No me he quedado encerrada durante siete años. Hay varios hombres que me inspiran a arreglarme, y definitivamente no te encuentras entre ellos.

—Qué amable —dijo, con una voz que mostraba que estaba molesto—. ¿Tienes novio?

Isabela alzó simultáneamente su mentón y sus cejas al mirarlo, pero se negó rotundamente a contestarle. Que se quedara con las ganas. No porque le importara lo que pensara, pero no estaba dispuesta a confesar que su única compañera de cine los sábados por la noche durante varias semanas había sido su hermana Magdalena.

—¿Dónde lo tienes guardado? ¿Lo tienes encadenado en el sótano?

—Para tu mayor información, la altura de Nueva Orleans está a menos del nivel del mar, así que aquí no tenemos sótanos.

—Excelente manera de replicar —dijo él con una risa, pero sin burlarse—. Vamos, Indiana. ¿No podemos declarar una tregua? ¿Por lo menos una tregua temporal?

Isabela miró fijamente al espacio y respiró hondamente.

—No quiero tregua —buscó los ojos de él y lo miró directamente—. Yo no sé por qué has venido, pero ni te quiero ni te necesito ni cerca de esta excavación. ¿Por qué no empacas tus cosas y regresas a Harvard?

—No puedo hacer eso, Isabela —dijo Mateo en voz baja. Avanzó un paso, y ella casi pudo tocarlo, pero su mirada intensa y ardiente le habría impedido hacerlo. Hubo un tiempo en que hubiera hecho cualquier cosa por ti, pero como tú dijiste, eso se acabó. Y ahora, tengo que cumplir una promesa que hice a alguien a quien amo mucho. Así que me voy a quedar en esta excavación, te agrade o no te agrade. Tengo que hacerlo —respiró profundamente, y bajó la mirada a la boca de ella. No hagas más difíciles las cosas, *Indiana*. Te prometo que valdrá la pena.

Isabela respiró sofocadamente, giró la cabeza y los mechones de su cabello le pegaron en la cara.

—Buenas tardes, doctor Esquivel —dijo. Se dio media vuelta. Entró a la casa y golpeó la puerta tras ella. Cerró los ojos y apoyó su frente en la madera sólida, maldiciéndose por dejarse afectar por las palabras de Mateo. Al abrir los ojos de nuevo, Flor estaba parada a su lado, con una ligera sonrisa en la cara.

—Hmmm —Flor abrió la boca y luego hizo una pausa, aparentemente pensando en qué decir—. ¡Qué agradable encuentro!

Capítulo Dos

—Doctora Santana, ¿cómo se encuentra en esta hermosa tarde?

Isabela brincó en su silla al ver que Mateo entraba a su oficina, y luego fijó la mirada lo menos expresiva y lo más indiferente posible. A pesar de la calma exterior que trataba de fingir, no pudo ni responder. Él la miró durante un momento con sus penetrantes ojos azules, y al ver que ella no contestaba, se encogió de hombros y colocó su mochila sobre la pesada mesa de roble ubicada en un rincón.

Ella lo observó en silencio mientras él conectaba el adaptador de corriente de su computadora portátil. Afuera de su oficina se escuchaban voces de personas que caminaban por las escaleras. Mientras él buscaba un enchufe debajo de la mesa, Isabela echó una mirada a su carpeta manchada de tinta que estaba sobre el escritorio, y sacudió la cabeza. Era imposible. Era simplemente imposible que siguiera sintiendo alguna emoción respecto a Mateo Esquivel. Sin embargo, ahí estaba, vestido como un estudiante, con una camiseta negra que le apretaba demasiado, un gastado pantalón de jean y con sus gruesos cabellos despeinados que a ella tanto le gustaba quitarle de los ojos. Isabela tuvo que reconocer que todavía se sentía demasiado atraída por él.

¿Cómo puede uno desenamorarse de alguien? se preguntó, limpiándose una basurita imaginaria de su traje azul marino. Por supuesto que ya no estaba *enamorada* de Mateo, pero se preguntaba por qué volvía a sentir esa atracción a pesar de tantos años sin despertarse entre sus brazos.

Isabela se bajó hasta la punta de la nariz los anteojos de armazón dorada y lo observó por encima... echándole una mirada que esperaba que expresara su desaprobación en lugar de revelar tantos años de esperanza y deseo.

—Doctor Esquivel, ¿hay algún problema?

Mateo sacó una silla, la colocó frente a su computadora y le regaló una de sus acostumbradas sonrisas encantadoras y juveniles, mostrando los hoyuelos rompecorazones que seguramente habían conquistado a mujeres de los 48 estados para estas fechas.

—No. No hay ningún problema. Aquí estaré muy bien, dijo mientras tecleaba unas cuantas palabras que aparecían en la pantalla, se le cayeron unas hebras de cabello sobre la frente y se flexionaron los músculos de sus antebrazos.

Isabela esperó un momento, pensando que sólo sería cuestión de minutos el que él se diera cuenta de que tenía que retirarse. Al percatarse de que no era así, despejó la garganta de manera ruidosa y obvia como lo hace la gente cuando quiere llamar la atención y no tienen motivo para toser. Mateo hizo una pausa y torció su cuerpo para mirarla inquisitivamente. Isabela le regaló una mirada despectiva.

—¿Estás bien, Indiana? ¿Puedo traerte un té para esa tos?

—Gracias, pero no quiero un té —dijo Isabela pausadamente mientras se quitaba los lentes; los tiró en un cajón al levantarse—. No quiero tu lástima. Lo que sí quiero es que me expliques por qué te has metido en mi oficina como si estuvieras en tu casa. Y siento mucho decírtelo, pero el hecho de ser colega masculino —el simple hecho de que estuviera ahí le causaba bronca— no es ninguna excusa para ser petulante y descortés.

Mateo parpadeó.

—¿Isabela? Espero que no estés desarrollando algún síndrome de personalidad múltiple. ¿O sí?

Con un suspiro fatigado, Isabela se frotó los ojos con el dorso de la mano.

—Ve y busca a algún otro pobre a quién torturar. Te lo pagaré —abrió el cajón superior derecho de su escritorio y sacó una bolsa de papel blanco llena de pequeñas donuts espolvoreados con azúcar—. Tengo dulces. Cinco deliciosos dulces del Café du Monde. Son tuyos si simplemente desapareces de mi universo.

—Por lo que veo, te siguen gustando los dulces —dijo Mateo, mientras empujaba su silla hacia atrás para levantarse, produciendo un fuerte chirrido sobre el piso de madera. Isabela reprimió el instinto de retroceder al verlo sentarse en el borde de su escritorio. De ninguna manera iba a permitir que la viera nerviosa por su cercanía.

—Mira. Creo que todo esto ha sido un malentendido. La única oficina disponible en el edificio tiene unas pérdidas de agua en la tubería que corre a lo largo del techo, así que tuve que ser evacuado mientras piden las refacciones. Me dijeron que con gusto compartirías tu oficina conmigo.

—¿Quién te dijo eso? ¿Las pequeñas voces de tu mente? —preguntó ella.

—¡Ay! Me lastimas, Indiana. No he escuchado esas

vocecitas desde los diez años de edad —se cruzó de brazos y le sonrió—. ¿Entonces he de entender que no te agrada mucho verme?

—No —dijo con una voz débil, maldiciéndose por ser tan cobarde. De repente no pudo soportar la cercanía de Mateo en la pequeña oficina apretujada, e Isabela decidió que aunque tuviera que rozar al hombre para salirse de atrás de su escritorio, valdría la pena hacerlo. Avanzó furtivamente, deslizándose por entre Mateo y la pared con toda intención de buscarle otra oficina donde pudiera dejar su mochila. Entonces él se puso de pie, y ese movimiento lo acercó aún más a ella, y sus manos se rozaron. Era la primera vez en siete años que se tocaban.

E Isabela tuvo que reconocer, dolorosamente, que su cuerpo tampoco había olvidado a Mateo Esquivel.

Ella retiró la mano, y la frotó sobre la áspera costura de su falda, cerrando los ojos para controlarse. No pudo respirar más que a jadeos, y se dio cuenta de que eran demasiado obvios salvo que alguien que hubiera corrido una maratón de diez kilómetros en la humedad de Luisiana. Pero no tuvo más remedio que respirar así por el fuerte dolor que sentía en el pecho. *Dios* pensó, *siete años*.

—Isabela.

Ella abrió de pronto los ojos, y sólo estaba Mateo. No pudo distinguir cuál de los dos estaba atrayendo al otro, pero sabía que tenía que volver a tocarlo. Se atrajeron hasta que sintió que él apoyaba las manos en sus hombros y podía sentir su aliento en la cara; hasta que pudo oler su esencia masculina que ningún fabricante de colonias lograría igualar jamás. Era la esencia pura de Mateo. Ella pudo ver su barba incipiente que pugnaba por salir, acentuando los ángulos y contornos de su cara. Bajó la mirada a su boca e inhaló el aire que él exhalaba.

—¿Por qué te fuiste?—él se inclinó y murmuró las palabras en el oído de ella, mientras entrelazaba los dedos en su cabello.

—¿Cómo?

Podía casi escuchar su cuerpo canturrear frente a la sensación de ser tocado por él. Casi lloró de alivio porque pensó que jamás volvería a disfrutar de esa sensación. Después de siete años, todavía era capaz de hipnotizarla igual que siempre.

—Isabela, explícame por qué te fuiste.

Permaneció hipnotizada hasta que oyó sus palabras. Con las dos manos firmemente plantadas en medio de su pecho, lo empujó con fuerza. Él retrocedió un paso, y se sintió sorprendido. Ella caminó hacia la puerta, y se giró antes de salir, cuidándose de mantener los brazos cruzados para que no se le notara cómo le temblaban las manos.

—Vuélveme a tocar, Esquivel, y te quedarás manco de la mano que uses.

Y luego salió por la puerta, y corrió.

—¿Tan mal te va?

Isabela dejó de agitar su Coca dietética al ver a Blakely abalanzarse sobre ella con una bandeja en la mano y con una expresión decididamente paternal en la cara. Ella hizo un ademán para invitarlo a sentarse con ella, y él colocó sobre la mesa con un golpe su bandeja en la que había una taza cascada y un sandwich poco tentador.

—No —contestó ella—, yo diría que por mal que me vea, la situación es definitivamente peor que como me veo.

—Huyyyy.

Blakely tomó un sorbo de su café y a Isabela le llegó

el aroma fuerte y agrio. Blakely era de esa clase de gente adicta a la cafeína caliente, no obstante hiciera un calor infernal afuera. A ella le agradaba ese aroma, pero quería algo refrescante. Volvió a mover la pajita de su Coca dietética, absorta en el refresco como si en las gotas de condensación formadas en el exterior del vaso pudiera predecir el futuro.

—Ahora bien, es probable que yo no cuente con una intuición tan aguda como de la que te jactas tú —dijo Blakely, alzando la voz para que lo escuchara a pesar de las voces de los estudiantes y del tintineo de la vajilla—. Sin embargo, yo diría que la razón del pésimo humor que te acosa tiene que ver con la persona del doctor Esquivel.

A pesar de sí misma, Isabela se rió.

—No tengo pésimo humor, ¡y tampoco me jacto de nada!

—Bueno, pues... —Blakely echó una mirada tras él y luego entrecerró los ojos en dirección de la planta de yuca que daba sombra a la mesa y continuó diciendo—. Bueno, se supone que no debo decirte esto, pero espero que mi tendencia a la rebeldía ayude a limar las asperezas entre el doctor Esquivel y tú —se acercó más a ella y bajó su tono de voz—. Es necesario que Mateo te acompañe en esta excavación. Hay mucho más en el fondo de todo esto que el simple deseo por parte del departamento de molestarte.

Isabela dejó de mover la pajita.

—¿Cómo? Pero el doctor Esquivel es todo un...

—Lo sé. Es un inconformista, no soporta estar en un solo lugar durante más de dos años, y habla el español como... ¿cómo lo describiste esta mañana?

—Horripilante y espeluznantemente mal —murmuró ella.

—Correcto. No importa. Él tiene cierta información sobre la Dama Roja que puede servirte de mucho, Isabela. Yo le prometí que no diría más, porque él teme que pueda haber alguien que quiera sacarle la información, pero de todos modos creo que puede ayudarte mucho —Blakely tomó otro sorbo de su café y se encogió de hombros—. Parece ser un tipo sincero, pero en mi opinión, es un poco paranoico.

Isabela arrugó la nariz al pensar en la noticia. Bueno, ahora resultaba que *Mateo* tenía la información sobre la Dama Roja que ella no había podido descubrir durante sus tres largos años de intensas investigaciones en Copán.

—Creo que voy a vomitar.

—Acéptalo. Vas a tener que encontrar la manera de hacer las paces con ese hombre —Blakely hizo una pausa, y asintió con la cabeza enfatizando mientras pensaba en sus próximas palabras—. Tienen cualidades que se complementan. Yo creo que ustedes dos podrían formar un excelente equipo y podrían hacer caso omiso de lo que sea que haya creado esa barrera entre los dos.

Ella metió la pajita en el vaso a la fuerza, derramando el refresco por el borde del vaso y mojándose los dedos.

—¡No hay absolutamente nada entre nosotros!

—Ay, Isabela, no puedes decir eso. Vas a destruir mis ilusiones románticas. Es algo así como estar presenciando en vivo y en directo una de esas viejas películas de Katherine Hepburn y Spencer Tracy que tanto le gustan a mi esposa —agregó Blakely mientras la miraba por encima de la taza de café.

—Mira —empezó a decir ella, y tomó una servilleta de papel para limpiarse las manos. Se detuvo al notar que la atención de Blakely se había desviado de ella hacia alguien que estaba parado al otro lado de la planta de yuca.

—Ah, siéntese con nosotros, doctor Esquivel —lo invitó—. Estábamos hablando precisamente de usted.

Mateó le sonrió al doctor Blakely, por simple cortesía. Isabela lo odiaba. Él podía darse cuenta por la manera en que ella se le tensaba la espalda cada que se le acercaba; por la manera en que entrecerraba los ojos, echándole una mirada despectiva cada que le dirigía la palabra con aquel acento grave que antes lo enloquecía.

Pero eso había sido hacía mucho tiempo. Aparentemente el destino le había sonreído a Isabela Santana durante los últimos años, pero obviamente no habían conseguido cambiar sus sentimientos hacia Mateo. Y estaba bien así, porque aunque él confiara en sus investigaciones y compartiera su visión, no le tenía ni la más mínima confianza en cuanto a los asuntos del corazón. Aquel momento de debilidad en la oficina de ella no se volvería a repetir.

Tan pronto como supo que Isabela estaba investigando sobre la Dama Roja, había venido para participar de los descubrimientos que ella había realizado — ésta era una de las tantas razones — y no para reanudar una relación con ella.

Mateo volvió a dirigirse a Blakely y decididamente adoptó un tono de voz grave.

—Sabe, realmente no estoy muy a gusto en la oficina de la doctora Santana. Tiene una vista bastante desagradable, y le falta un poco de aire. ¿No tiene usted algún armario de artículos de limpieza que pueda ocupar hasta que me arreglen mi oficina?

Isabela fijó la mirada sobre un punto arriba de su cabeza, y apretó los dientes con tanta fuerza que le sorprendió que no se le quebraran.

—Con gusto compartiré mi oficina con usted hasta que esté lista su oficina, doctor Esquivel.

—Qué amabilidad de su parte, doctora Santana —respondió con un tono que era todo, menos cortés—. Sin embargo, preferiría compartir una oficina con Godzila.

Blakely se tapó la boca con una mano y tosió, pero Mateo estaba seguro de que estaba sonriendo. Isabela dio la vuelta en su silla hasta encararlo frente a frente, y su cola de caballo rizado le cubrió un hombro.

—Mira, Esquivel —dijo—, estoy tratando de ser amable.

—Sí —apoyó las manos sobre la mesa para estar a la misma altura que ella—. Como si no me diera cuenta de que preferirías una muerte lenta y horrible antes que aceptar que quizás pueda ayudarte en la excavación.

Isabela se paró abruptamente, con sus oscuros ojos echando chispas, y Mateo retrocedió un paso para evitar que se toparan sus cabezas. Dado que la frente de ella llegaba al centro del pecho de Mateo, ella tuvo que estirar el cuello para mirarlo directamente a los ojos. Inexplicablemente, él recordó una frase de *Sueño de una Noche de Verano* que decía: *es pequeña, pero es una fiera*. Indudablemente a Isabela le fascinaría esa comparación.

—Qué maduro de su parte, doctor Esquivel —murmuró entre dientes—. Indudablemente Harvard estaría muy orgullosa de usted en estos momentos.

—Como si fueras la Señorita Amabilidad —replicó Mateo. Sintió que perdía el control de la conversación, pero estaba empeñado en no soportar ni un insulto más de parte de ella—. Te has comportado con la misma madurez del lagarto que vive atrás de mi edificio de departamentos.

—Miren... —Blakely dio la vuelta a la mesa, girando la cabeza para mirar a Mateo y luego a Isabela y a Mateo de nuevo como si estuviera observando un torneo de tenis.

—¿Es lo único que se te ocurre? ¿Compararme con los reptiles locales? —ella se cruzó de brazos y lo golpeó ligeramente con los codos en el centro de su pecho desafiándolo.

Blakely se metió entre ellos y agitó la mano para llamar la atención de los dos.

—Isabela...

—Bueno, querida —Mateo apartó al pequeño hombre, sin apartar la mirada de los ojos de Isabela—. Estoy seguro de que con el tiempo me inspirarás a compararte con muchas especies de vida salvaje. Déjame tan sólo unos minutos nada más.

—¡Doctor Esquivel! —Blakely le echó una mirada de franca incredulidad a Mateo y de nuevo se metió entre ellos, tartamudeando y agitando las manos.

—Blakely, con permiso —Isabela lo empujó a un lado y se acercó a Mateo hasta el punto que casi llegaron a tocarse—. Tú eres probablemente la peor muestra de un arqueólogo que he visto en toda mi vida, y no necesito tu ayuda.

Eso lo hirió profundamente. Podían criticar su Jeep, su corte de cabello — y que Dios lo perdonara — hasta sus gustos en cuanto a las mujeres, pero nadie tenía derecho de criticarle su trabajo.

—Y tú te comportas como una harpía celosa.

Isabela jadeó.

—Yo no estoy ce... —se giró hacia Blakely, casi temblando de rabia—. ¡Yo no soy ninguna harpía!

—¡BASTA YA!

Pasmados por la exclamación de Blakely, tanto Isabela como Mateo se giraron hacia él.

—¡Basta ya los dos! ¡Ambos están portándose como un par de niños malcriados! —a pesar del aparato de aire acondicionado que estaba prendido en un rincón, Blakely hizo una pausa para limpiar el sudor de su frente con la corbata, y su cara estaba roja como un tomate—. ¡Siéntense los dos!

Los dos se sentaron.

—Ahora bien. Yo soy el jefe del departamento. No soy un niñero —las palabras de Blakely salieron fuertes y titubeantes, como si le costara trabajo pronunciar cada sílaba. Afortunadamente, había poca gente en la cafetería, y los pocos que estaban ocupando una que otra mesa los ignoraban—. Tú —continuó Blakely, al señalar con el dedo a Isabela—, te estás portando exactamente como una harpía.

Isabela se quedó boquiabierta, y luego aparentemente lo pensó bien, y cerró la boca con expresión algo molesta.

—¡Y tú! —Blakely se giró para enfrentar a Mateo—. No eres mejor. Estás haciendo todo lo que está a tu alcance para provocarla. Ahora, yo no tengo idea de qué es lo que sucede aquí, pero se acabó ¡punto!

De reojo, Mateo vio parpadear a Isabela, como si estuviera luchando contra las lágrimas. Pero también sabía que no era posible. Isabela jamás lloraba.

—No puedo creer lo que está pasando. Dos adultos que se comportan como un par de adolescentes en plena efervescencia hormonal.

Ahora le tocó a Mateo parpadear. Se movió en su silla, y se sentía estúpido al ser el objeto de un sermón que se parecía a los sermones de la preparatoria. Definitivamente era vergonzoso.

—Señor...

—¡Callado! —dijo Blakely, señalando con un dedo al techo. ¿Quién habría adivinado que un hombrecito tan serio pudiera inspirar tanto temor en dos adultos?

—Ahora bien. Los dos van a regresar a la oficina de Isabela, y compartirán ese espacio como si fueran dos profesionales, y se tratarán con el respeto y con la dignidad que merecen nuestros puestos en esta prestigiosa universidad. ¿Me han entendido bien?

—Sí señor —contestaron al unísono.

Y luego ocurrió un milagro. Isabela le sonrió.

Por supuesto que era una sonrisa fugaz. Había sucedido tan rápidamente que apenas la había visto. Pero era la misma sonrisa de complicidad que solía echarle durante su posgrado cuando habían cometido alguna travesura. Como aquella vez cuando habían tomado en calidad de rehén la valiosa cabeza reducida perteneciente al profesor Lambeau hasta que le habían sacado su solemne promesa de advertirles antes de someterlos a pruebas de cuatro hojas. O como aquella vez en que entraron a escondidas, fuera del horario de admisión, a la pista de hockey sobre hielo y ella casi le había ganado. O después, cuando entraron en calor en la piscina climatizada del gimnasio.

De acuerdo, era mejor no seguir. Mateo volvió a prestar atención a las palabras de Blakely.

—Además, si vuelvo a escuchar un solo insulto más, o a ver una mirada de odio, o si simplemente alguno de ustedes *respira* de manera irrespetuosa delante del otro, les retiro inmediatamente sus becas. ¿Entendido?

—Sí señor —dijo Isabela.

—Ahora regresen a su oficina y pórtense como gente civilizada. —Blakely volvió a tomar asiento, mirando severamente a los dos—. Y no crean que no cumpliré con mi amenaza. Al demonio con los fondos de Adriana Quinn.

Mateó se quedó congelado.

—Gracias —Isabela caminó a su silla y le dio una palmadita en el hombro—. Lo siento señor. No se arrepentirá usted.

Blakely le dio una palmadita a la mano.

—Ya lo sé, querida. No me arrepentiré de darte otra oportunidad.

—Gracias, doctor Blakely —dijo Mateo después de retirarse Isabela—. Creo que nos merecíamos esto.

Blakely se rió.

—Sí, doctor Esquivel, creo que se lo merecían. Y nunca creí que fuera capaz de hacerlo.

—¿Puedo hacerle una pregunta? —una energía nerviosa pulsaba por el cuerpo de Mateo, haciéndolo balancearse sobre sus talones.

—Por supuesto.

—Usted mencionó el nombre de uno de los principales donadores para esta excavación, ¿verdad?

—Adriana Quinn. ¿La conoces?

—Es la directora de la Fundación Quinn, ¿verdad?

—Pues sí, así es.

Así que su pálpito no había fallado. Adriana Quinn ya había metido las garras en el proyecto de Isabela, igual que lo había hecho cuando la madre de Mateo había estado buscando a la Dama Roja. A Mateo se le puso la piel de gallina.

—Me la presentaron una vez, pero fue hace muchos años.

Capítulo Tres

—¿Gusta un poco de café, doctor Esquivel?

—No, gracias, doctora Santana. Pero agradezco su amable ofrecimiento.

Habían compartido el mismo espacio durante una semana, y hasta ese momento, ninguno había violado la tregua declarada. Por supuesto que pasaban la mayor parte del tiempo juntos trabajando en silencio o tratándose con exagerado empalago recíproco, pero era mejor que una repetición de lo que había sucedido en la cafetería de Grimley.

Al llegar al umbral de la puerta, Isabela se dio vuelta.

—Hay una bolsa de buñuelos en el cajón superior derecho de mi escritorio. Come si quieres.

—Gracias —quizás no estuvieran tan mal las cosas entre ellos como él pensaba, aunque Mateo se encontraba preguntándose con más frecuencia de lo que debería qué era lo que la había hecho huir de San Luis sin dejarle siquiera una nota.

—A propósito, ¿a tu mamá le sigue gustando el buen café? Todavía tengo unas bolsas de una excelente cafetería del Barrio Francés, si quieres enviarle una.

Mateo sintió la vieja y conocida sensación de abandono al escuchar cualquier referencia a su madre.

—Mamá murió un poco después... —despejó la garganta, preguntándose a sí mismo cuánto debería revelarle—...un poco después de que te fueras de San Luis. Tuvo un accidente en una excavación en Centroamérica.

—¡Ah! —él observó cómo se abrieron extensamente sus ojos en asombro y cómo adoptaron una expresión de honda tristeza—. No lo sabía. Tomé un año de licencia para viajar con Flor, y nadie me dijo nada al regresar a la escuela —se apoyó contra el marco de la puerta—. Siempre pensé que Joana viviría eternamente. No sabes cómo lo siento, Mateo.

Mateo juntó las puntas de los dedos y descansó la cabeza.

—Gracias. La extraño mucho, pero tenía sesenta y seis años. Por mucho que la quisiera yo, no podía esperar que viviera eternamente. Gozó de una brillante carrera, viajó por todas partes, y casi había alcanzado todas las metas que se había fijado —*casi*. Era ese casi que le provocaba insomnio durante tantas noches—. Tú sabes cómo era mi madre. Te apuesto a que cielo no es sino otra aventura para ella.

Isabela se rió con la risa gutural que tanto le gustaba a Mateo.

—Eso definitivamente me suena a Joana.

—Sí, ¿verdad? —dejó caer sus manos sobre el escritorio y jugueteó con una pluma, al quitar y volver a ponerle la tapa.

—¿Cómo está tu papá? —ella se mordió el labio—. Me imagino que habrá sido muy duro para él.

—Así es. Sólo ahora empieza a ser la persona de antes —echó una mirada a la pluma, y luego la lanzó con un aire de fatalidad dentro de un cajón—. Hasta salió con una mujer el fin de semana pasado.

—¿De veras? ¡Qué bueno!

—Bueno, yo le dije que era lo que habría hecho mi madre si la situación hubiera sido al revés.

—Tu mamá le habría hecho competencia a Cher, dejando tras ella una cola de jovencitos con el corazón partido.

Mateo le sonrió. Era una descripción de su madre que no estaba lejos de la verdad. Ella había tenido más vitalidad a sus sesenta y cinco años que mucha gente de la edad de Mateo.

—Yo realmente la extrañé —dijo Isabela.

Mateo sostuvo su mirada sintiendo en él cómo se le nublaban los ojos y se le tensaba el pecho.

—Ella también te extrañó.

Silencio.

—Bueno, pues —Isabela despejó la garganta y golpeó con la mano el marco de la puerta como para ahuyentar los fantasmas reunidos alrededor de ellos—. Yo voy por una coca. ¿Seguro de que no quieres una?

Mateo negó con la cabeza y se quedó mirando al espacio vacío después de que ella hubo desaparecido por el pasillo. Ahora sería el momento propicio para contarle quién había sido su principal benefactora. Pero él no se lo iba a decir.

Caminó hacia la ventana, poniendo poca atención en los grupos de estudiantes que charlaban durante las pausas entre clase y clase en los senderos de los jardines. La Fundación Quinn había aportado los fondos para la última excavación de su madre en Copán, y Adriana Quinn se había convertido en la sombra de Joana O'Riley Esquivel desde el momento en que había puesto pie en tierra hondureña, susurrándole al oído promesas que pronto se habían convertido en amenazas. Recordó que la última

noche en que su madre lo había llamado desde Honduras, furibunda por la "petición" de Adriana de que se le
pagara con algunas de las piezas más valiosas que Joana
había descubierto sin declararlas al gobierno hondureño.

Terca como una mula, Joana había decidido clausurar
la excavación en lugar de doblegarse ante las exigencias
de Adriana. Sus demás benefactores retiraron también su
apoyo, su carrera estaba en la ruina, y Mateo estaba a
miles de kilómetros de distancia y no había podido hacer
nada para impedirlo.

Y luego le llegó otra llamada. Sólo las palabras *extraño accidente* y *sentido pésame* habían quedado graba-
das en su memoria. Y una honda sensación de pérdida.

Mateo se agarró del marco de la puerta, sorprendido
una vez más por cuánto le dolía aún la muerte de Joana
Esquivel. Al enterarse, a través de los círculos académicos, de que Isabela había cambiado su excavación del
área circundante al Templo 10 a la Dama Roja, nada le
podría haber impedido meterse a la investigación, ni siquiera el atormentado pasado de ellos. Y aunque era
obvio que a ella no le agradaba su presencia, él tenía que
ser parte de esto; necesitaba participar en la investigación. Su deseo de rendir homenaje a la memoria de su
madre participando en lo que debería haber sido su descubrimiento era una pieza fundamental de la historia. La
otra parte era su necesidad de venganza.

Dio la espalda a la ventana y se apoyó contra el cristal, cruzándose de brazos como si así pudiera contener
todo el dolor y la ira que sentía. Dejaría a Isabela en la
ignorancia durante un tiempo más, sólo hasta descubrir
de qué misterio se trataba. Si Adriana olía siquiera una
relación entre él y Joana Esquivel... pues cuanto menos
supiera Isabela de las actividades ilegales de la Funda-

ción, mejor. Era su propia batalla personal, y quería evitar hasta donde fuera posible que se inmiscuyera Isabela en el asunto.

Sonó el teléfono, y sus fuertes timbrazos lo distrajeron de su concentración. Se alejó de la ventana y estiró la mano por encima del escritorio de Isabela para contestarlo.

—La oficina de la doctora Santana.

La voz de una mujer histérica lo saludó. No pudo distinguir sus palabras.

—Espere un momento —dejó caer el auricular con un golpe seco, y oprimió unos botones para asegurarse de que estuviera aún en la línea y escuchando música.

—¡Isabela! —gritó por el hueco de las escaleras fuera de la oficina—. ¡Regresa! ¡Por favor!

—¿Sí? —gritó ella, pero su voz era un eco débil desde tres plantas más abajo—. Estoy comprando una coca y esta estúpida máquina se comió mis monedas.

Oyó un fuerte golpe y pensó que la próxima vez que Isabela quisiera comprar algo, la máquina no se atrevería a portarse de manera estúpida.

—Creo que te llama alguna de tus hermanas. Está llorando.

Oyó una serie de sordas palabras y luego sus pasos al subir las escaleras.

—Debe de ser Flor. A lo mejor se le acabó el esmalte de uñas. Dile que estoy en camino.

Con una sensación de horror, Mateo regresó al escritorio de Isabela y levantó el teléfono, quitando la pausa de música. Más sollozos aterradores. Después de unos cuantos intentos fracasados de hablar con ella, se dio cuenta de que la mujer no iba a calmarse.

Al entrar a la oficina, Isabela se acomodó un mechón de pelo detrás de la oreja y le quitó el auricular.

—Isabela Santana.

Mateo alcanzó a escuchar las palabras de Flor a pesar de estar a dos metros de Isabela. Observó mientras la expresión divertida de Isabela se convertía en preocupación y luego en temor.

—¡Ay, Dios mío! ¿Dónde estás?... Estoy en camino.

Isabela colgó el teléfono de golpe; con una expresión de terror.

—Es el local de Rufino. El salón de Flor. Hubo un incendio.

Mateo insistió en llevarla al Salón Rufino, y por primera vez, Isabela no le rebuznó y aceptó su ofrecimiento. Mientras conducía el vehículo observó por el rabillo del ojo cómo tenía el ceño fruncido por la preocupación y cómo tamborileaba las uñas sobre el tablero del coche. Ella seguía siendo tan bella que lo llevaba al borde de la locura, y el simple saber que estaba a su lado, tan tensa y preocupada, lo estaba volviendo aún más loco.

No porque pensara que durante los años en que habían estado separados se hubiera llenado de verrugas ni que le hubieran salido colmillos, pues Isabela siempre había sido muy atractiva. Lo que jamás se hubiera esperado era la manera en que lo hacía sentirse inútil, como si fuera un enorme y torpe idiota que ni siquiera podía pronunciar una frase inteligente. Jamás hubiera esperado que extrañara tanto la sensación de tocarla... de deslizar sus dedos a través de su glorioso cabello, y rozar con ellos su suave piel dorada que parecía de terciopelo. No hubiera esperado encontrarse perdidamente enamorado de la indomable Isabela Santana.

Enamorado. Todavía.

Lástima que ella ya no quería tener nada que ver con él. Aunque, a decir verdad, si Adriana Quinn andaba en el pueblo, a Isabela le convenía más mantenerse alejada de él. En la familia Quinn, todos solían tener buena vista y mejores memorias. Pero él también.

—Aquí mismo —Isabela desabrochó su cinturón y puso una mano sobre el tablero mientras Mateo frenaba el Jeep. Más adelante podía ver el destello de los faros rojos, opacados por una nube de humo y de vapor. La policía había cercado el perímetro para impedir que se acercara ningún vehículo particular en la Calle del Canal. Isabela tiró la palanca de la portezuela antes de que Mateo pudiera detener por completo el vehículo, y éste tuvo que frenar más fuertemente que lo que había planeado.

Estiró la mano para buscar la suya.

—Cálmate Indiana. Si acabo por atropellarte, no podrás ayudar a tu hermana —. Retiró la mano antes de que ella pudiera protestar, tiró el freno de mano y abrió la portezuela del lado del conductor.

—Espera —sintió la mano de Isabela sobre su brazo y se giró justo a tiempo para ver cómo la quitó, agarrando sus dedos como si le quemaran—. Te van a remolcar el coche si lo dejas aquí. Sería mejor que regresaras a la universidad —. Como si se diera cuenta de lo hiriente de sus palabras, le regaló una sonrisa que le retorció el corazón como respuesta—. Gracias. De veras te lo agradezco.

Él asintió con la cabeza, y ella se bajó del Jeep con un brinco y corrió por entre la muchedumbre. Llevaba puestos los zapatos azules de tacón que, según ella le había contado, había usado para jugar al baloncesto para ver si era cierto el anuncio. Observó cómo se mecían sus largos rizos al serpentear entre la gente, y se preguntó qué le había hecho pensar que al volver a encontrar a Isabela su presencia podría protegerla.

Isabela pudo ver el humo aún antes correr las cuatro cuadras para llegar al Salón de Rufino. Flotaba en el aire el humo negro y espeso y le ardía la nariz al respirar. Aparentemente habían extinguido el incendio y todo lo que quedaba del lugar de trabajo de Flor era una cáscara negra y hueca. Afortunadamente los edificios colindantes se habían salvado de milagro, gracias a los esfuerzos del Departamento de Bomberos de Nueva Orleans.

Los bomberos en sus trajes color amarillo brillante corrían de un lado al otro, moviendo de un lado a otro las gruesas mangueras blancas y sucias que atravesaban el pavimento. El agua fluía por la calle, llevando consigo la basura y hojas a los desagües, y de paso empapando los zapatos de Isabela. Se oían las notas del jazz rítmico que emanaba el Barrio Francés que quedaba cerca, prueba de que con excepción de la pequeña sección cercada por el incendio, la vida seguía fiel al cansino estilo del sur.

Escuchó un chillido agudo a sus espaldas, y antes de poder darse vuelta, Isabela supo que ya había encontrado a su hermana. Flor era todo lo contrario de la tranquilidad y la pereza.

Al parecer, había llegado toda la familia Santana para ser testigo del incendio, incluso algunos tíos del lado de los Tavera, y todos estaban rodeando a Flor, en un gran abrazo familiar. Sus padres, todavía vestidos con sus uniformes de anfitriona y chef del restaurante del cual eran dueños, la estrecharon entre sus brazos. Sus hermanas Graciela y Magdalena la tomaban por las manos, y la dulce tía Tita estaba parada detrás de ella, acariciándole el cabello. El tío Armando había dejado el banco; la tía Cristina cargaba en brazos a su hija recién nacida, y el resto de la familia parecía formar una enorme cadena humana: tocaban a Flor o a algún otro que estuviera allí. La marejada de amor y apoyo de la familia era algo tangible, y sin reparar siquiera en ello, Isabela se adelantó a formar parte del círculo.

—Flor, ¿estás bien? —preguntó al abrazar a su hermana.

—Ay, Isabela, me da tanto gusto que hayas llegado —sollozó al colgarse de los hombros de Isabela y emparle su saco con sus lágrimas—. Dicen que fue un incendio provocado, ¿puedes creerlo?

—¿Provocado? —Isabela dio un paso hacia atrás en su asombro para mirar el edificio. Un grupo de bomberos apuntaban mangueras hacia las ventanas que parecían cavidades profundas y enfurecidas que provocaban el desmoronamiento del edificio en volátiles trozos. El edificio en derrumbe ya daba la impresión de algo siniestro, en lugar de una simple tragedia. Era impensable que alguien pudiera albergar tanto odio como para destruir todo un edificio, sin importarle que alguien perdiera su modo de ganarse la vida o que pudiera resultar herido en el incendio—. ¿Estás segura?

La madre de Isabela, Dolores, retorcía las manos detrás de su hija.

—Sí. El sobrino de Bianca Salazar trabaja con el departamento de policía de Nueva Orleans. Él vino a hablar con nosotros.

—Ay, Flor —sin encontrar palabras para expresarse, se limitó a abrazar de nuevo a su hermana. Desafortunadamente, su abrazo pareció empeorar el estado de su hermana.

—Isabelita, ¿qué voy a hacer? —lloró—. Ya no tengo trabajo, no tengo vida, y me voy a quedar sin ingresos. El señor Rufino está en Europa ahora, así que no puede ni buscar un nuevo local, así que para lo único que estaré ocupada es para sentarme en casa y pensar en Pepe.

Isabela metió la mano en uno de los bolsillos de su saco, esperando encontrar un pañuelo, un dulce, algo brillante — lo que fuera para distraer a Flor, para que dejara de llorar aunque fuera por un momento. Reconocía que Flor no se consolaría en ese momento aunque le recordara que Pepe le había dejado más que suficiente dinero, que tenía muchos amigos que la adoraban, y que le sobraban posibilidades de empleo. Pero dado que Isabela tenía la fama por ser la hermana sólida de quién todas dependían, reconoció que tenía que pensar en algo. Toda la familia estaba a la expectativa.

—Bueno —al no encontrar nada en los bolsillos, Isabela sonrió y volvió a abrazar a Flor—. Pensaremos en algo. Bueno, pues podrías...

—Acompañarnos —dijo una voz grave detrás de ella. Soltó a Flor y se giró.

—¿Cómo? —dijo toda la familia Santana-Taveras al unísono.

—Acompáñanos a Copán —Mateo estaba parado ahí con las manos metidas en los bolsillos y con una sonrisa tímida—. Necesitamos voluntarios, y tú necesitas algo en qué ocuparte. Creo que deberías acompañarnos.

Isabela se movió incómodamente al notar el silencio en que se había sumido su familia.

—Eh... ¿recuerdan a Mateo?

Lo recordaban muy bien. No había nada secreto en su familia. Isabela entreoyó las murmuraciones de su tío Armando que comparaban a Mateo con un perro de basurero, pero Isabela se sentía agradecida de que su padre cubano y madre irlandesa no le habían enseñado muy bien el español. Observó las miradas que intercambiaban sus tías y tíos y cómo se estaban convirtiendo ante sus ojos en un amenazador grupo de defensores de la ley. Si no se interponía entre ellos, se iba a poner fea la situación.

Isabela se inclinó hacia él para esquivar un charco de agua.

—Pensé que te había dicho que regresaras —masculló entre dientes.

Él le contestó con una encantadora sonrisa de bandido.

—Estaba preocupado por ti. ¿Qué más te puedo decir?

La idea de ser lo suficientemente importante para Mateo como para que se preocupara por ella le estrujó el corazón, y casi se le olvidó respirar durante un momento.

—Bueno, pues estoy bien ahora, así que puedes retirarte en el momento que desees. Alguien me acompañará a la escuela —se volvió hacia Flor porque se sentía más cómoda así que si miraba a Mateo—. Flor, me parece una excelente idea. ¡Tienes que acompañarnos! Será una gran aventura.

Flor suspiró silenciosamente, y miró a Isabela con renovado interés. Se limpió los ojos con sus dedos que todavía sostenían unas tijeras.

—¿De verdad? ¿Necesitan voluntarios? ¿Para hacer qué?

Problema. Flor no era el tipo de mujer que pudiera disfrutar de largos días de caminatas, sacar fotografías, y limpiar artefactos. Detestaba transpirar.

—Ya veremos en qué puedes ayudar. Quizás puedes ir como peluquera oficial —Isabela le sonrió alegremente y asintió con un gran entusiasmo que no sentía, y convenientemente olvidó mencionar que casi todo el mundo usaría gorras de béisbol y sombreros de paja la mayor parte del tiempo.

Flor inclinó la cabeza de lado como si lo pensara un momento. Los miembros de la familia se inclinaron hacia adelante, con tímidas sonrisas en sus caras.

—No inventes. Nadie necesita una peluquera en una excavación arqueológica. Siempre regresas con unas greñas horrorosas.

—Haremos que funcione, Flor. Te lo prometo.

Flor le devolvió una sonrisa entre lágrimas que se parecía a un rayo de luz.

—Está bien, Isabelita, iré con ustedes, pero... eres consciente de que vamos a llevar a Hermoso, ¿verdad?

La tía Tita aplaudió con sus pequeñas manos regordetas con gusto, y el resto de sus tíos rodearon a Isabela, dándole palmaditas en los hombros mientras sonreían felizmente. Sus papás suspiraron simultáneamente sintiéndose aliviados, y Graciela y Magdalena intercambiaron miradas como si se dijeran que siempre habían sabido que Isabela las rescataría.

Sintiéndose repentinamente cansada por tantas emociones, Isabela recordó que Mateo estaba parado fuera de su círculo familiar. Sintió una punzada de culpabilidad y se alejó un poco de sus parientes para examinar la calle. Pequeños grupos de personas rondaban alrededor de las tiendas colindantes mientras los bomberos con sus trajes negros y amarillos a prueba de fuego andaban de un lado a otro examinando lo que quedaba del edificio y atendiendo a los aturdidos empleados del Salón Rufino. Debería haber sentido alivio al ver que él se había retirado, pero lo único que lograba Isabela era sentir una extraña y vacía sensación de soledad.

Después de prometer que pasaría por la casa de sus padres para visitar a Flor, Isabela le dio un último abrazo a su hermana, y tuvo que reprimirse las ganas de llorar al ver la tristeza de Flor. Caminó hacia la barricada de la policía con la intención de buscar un tranvía o un taxi para regresar a la universidad. *Incendio provocado*. Las palabras le pesaban como el humo negro que le picaba los ojos y los pulmones, y caminó más rápido, para tratar de quitarse de la cabeza el presentimiento que había tenido al mirar profundamente a los ojos de Flor: que sólo era el comienzo.

¿Pero el comienzo de qué?

Metiéndose las manos en los bolsillos, Isabela se abrió camino entre la gente que quedaba, y sintió un par de manos fuertes que la ayudaban a pasar al otro lado de la barricada de la policía. Parpadeó por su asombro y de repente pareció despejarse el humo... y ahí estaba Mateo.

—Fui a hablar con la policía... —su voz se quebró al mirarla de cerca, y entrecerró los ojos. Isabela abrió la boca para hablar, pero no le salió palabra alguna. Cuando Mateo le rodeó los hombros con un brazo, ella se dejó apoyarse por sus fuertes brazos, y supo que no era necesario hablar.

—Vamos, Indiana —le murmuró al oído, llevándola entre sus brazos—. Te llevaré a casa.

Cuando llegaron de nuevo a la Universidad de Lafayette para recoger los libros de Isabela, ya se veían en el cielo las franjas de color rojo, durazno y ciruela que se extendían para formar uno de los famosos ocasos que sólo se ven en Luisiana. Mateo miró de reojo a Isabela mientras caminaban en acompañado silencio bajo una pérgola de ramas de árboles llenos de musgo por el sendero que los llevaría al Plantel Grimley. Ella se había quitado los zapatos y caminaba descalza sobre la frescura de las veredas de cemento, cuidándose de no pisar ningún objeto puntiagudo.

Una vez más, Mateo se encontró odiando los siete años que aún se interponían entre ellos como un abismo. Ninguno de los dos parecía poder armarse del suficiente valor para enfrentar el tema, ni ofrecer una explicación por los malentendidos. Claro, con la ayuda de Blakely habían logrado formar una tregua temporal, pero aún así, él podía casi ver cómo Isabela usaba el pasado como escudo. Aun cuando la abrazaba.

Mateo se despejó la garganta al pasar entre los dos leones de piedra a ambos lados de las escaleras para subir al Plantel Grimley.

—Isabela...

—¡Doctor Esquivel! —le llamó una voz grave y fuerte—. ¡Te he buscado por todas partes!

Mateo gruñó para sí al ver que uno de los miembros del departamento subía las escaleras atrás de ellos, cuando llegó arriba, respiraba agitadamente por la boca. Aunque el profesor trajera arremangada la camisa y desanudada la corbata, el sudor había manchado sus axilas y perlaba su frente. Mateo trató de hacer memoria para acordarse del nombre del profesor antes de que el hombre recobrara el aliento. Era el doctor Wainwright, recordó.

—Esquivel —Wainwright colocó una mano regordeta sobre el hombro de Mateo, metiéndose entre Isabela y él—. No tienes idea de cuánto nos alegra que estés con nosotros. Es más, apuesto a que tu presencia marcará una gran diferencia en la excavación.

Mateo oyó a Isabela sofocar un grito de indignación, y

maldijo al hombre y a sus descendientes de siete generaciones. Ponía las manos en el fuego que una vez que Wainwright hubiera acabado su discursito, tendría que volver a empezar de nuevo con Isabela porque su actual tregua se convertiría en plena guerra.

—Ah, señor, pues yo voy nada más en plan de apoyo. La excavación es de la doctora Santana.

—¡Ja! Ni siquiera habría ninguna excavación si no fuera por ti y me da gusto que el resto del departamento haya tenido el buen tino de insistir. Lo que necesitaba este proyecto desde un principio era un... un... —Wainwright agitó su regordeta mano en el aire, dejando la otra sobre el hombro de Mateo. Mateo pudo oler su transpiración y se apartó lo más que pudo de él.

—¿Un hombre? —dijo Isabela en voz baja al darle la vuelta a Wainwright para encararlo frente a frente. Mateo se quedó impresionado. Era una mujer valiente.

Pero Wainwright sólo bufó para luego hacer caso omiso de su presencia.

—Un realista es lo que necesitaba el proyecto. Alguien que se dejara de tanta tontería de la Dama Roja. ¡Tonterías! —meneó la cabeza, obviamente maravillado ante la absoluta insensatez de las tonterías mencionadas.

—Pues, la verdad, señor, es que creo que la Dama Roja...

—¡Es puro invento! —la voz de Wainwright se volvió seria al decir la palabra *invento* con gran placer—. Por supuesto que lo sabes. Como dije antes, estamos encantados de contar contigo. Absolutamente encantados.

Atrás de ellos, Isabela despejó la garganta varias veces y luego estalló en algo que se parecía a una fuerte tos.

Wainwright finalmente quitó la mano del hombro de Mateo y la miró, sus cejas pobladas unidas debajo de las arrugas de su frente alta.

—¿Se encuentra bien, señorita?

Isabela dejó de toser. Puso las manos sobre las caderas, y fijó una mirada en la dirección de Wainwright que habría convertido en piedra a cualquier basilisco. Si él no aplacaba al hombre, Isabela seguramente empezaría lo que Mateo antes llamaba su *danza de la muerte,* y si así era, tendrían que correr a buscar refugio.

Isabela empezó a menearse de lado a lado, y su boca se movía mientras aleteaba las manos en el aire. *Ay, ¡Maldito infierno!*

—¿Por qué...?

—Mire, doctor Wainwright —Mateo lo tomó del brazo y giró al regordete profesor hacia él—. Yo sé que probablemente se encuentre usted con algo de prisa en este momento, y no quiero quitarle más de su preciado tiempo.

—¡Vejete anticuado! —Isabela se puso un momento de puntitas para mirar sobre el hombro de Wainwright.

Despídete de tu carrera, Isabela. Mateo sólo pudo maravillarse ante los pensamientos autodestructivos que sabía que flotaban por la mente de Isabela en ese momento. Aunque inexplicablemente, Wainwright parecía impávido.

—De ninguna manera, hijo —dijo el profesor—. Pero tú siéntete con toda la confianza para venir a mi oficina cada que necesites un consejo, ¿entendido?

—¡... Misógino!

—Bueno, pues estoy seguro de que la doctora Santana puede darme cualquier consejo que necesite, pero agradezco su atención —suspiró aliviado cuando vio desaparecer a Wainwright por las puertas del Plantel Grimley.

—¡...Hijo de mala madre!

—¿Qué cuernos haces, Santana? ¿Quieres provocar al hombre abiertamente?

Isabela tomó uno de sus rizos y lo estiró hasta dejarlo liso, lo observó de reojo cuando volvió a rizarse y a unirse con el resto de su cabello; su expresión mostró su desafío y rebeldía.

—De todos modos no me oye. Ese hombre no puede oír a las mujeres salvo las que se ofrecen a traerle de cenar o a lavarle sus calcetines —se encogió de hombros—. Pero se nota que tú eres de sus consentidos.

—Mira, Isabela —empezó a explicarle, y estiró la mano para tocarla, aunque no podía imaginarse lo que haría si la tocaba.

Pero no tenía que preocuparse por eso porque ella dio dos pasos hacia atrás tan pronto vio la mano extendida.

—¿No lo comprendes, Mateo? Si yo no encuentro a la Dama Roja, entonces será porque soy una mala investigadora que trata de descubrir el sexo de los ángeles. Pero si la encuentro, van a decir que fue por ti.

Mateo tragó en seco y metió las manos en los bolsillos de sus jeans, preguntándose cómo responderle. Lo único que él sabía era que si no fuera por su madre y por el hecho de que tenía la información precisa que era tan importante para la investigación de Isabela, en ese momento habría dado media vuelta para alejarse por completo de la excavación de Isabela. Se habría alejado en ese preciso momento con tal de que le permitiera abrazarla una vez más.

—Lo siento.

—¿De verdad lo sientes? —preguntó con voz suave—. ¿De verdad?

Sólo cuando la vio a la mitad de las escalinatas que subían al Plantel Grimley Mateo se preguntó si habían estado hablando sólo de la excavación o de otra cosa.

Capítulo Cuatro

Isabela entró de golpe por la puerta principal del departamento de Flor, y miró su reloj mientras tomaba el tirante de su mochila color oliva para acomodarla mejor sobre su hombro.

—¡Flor! —llamó al caminar por los mosaicos azules de la cocina de su hermana—. ¡Apúrate! ¡Nos va a dejar el avión!

La única respuesta que escuchó fue una serie de explosiones secas. Isabela siguió el ruido que provenía de la sala decorada en tonos marfil y crema.

—Oye, Graciela, ¿dónde está tu hermana? Vamos a llegar tarde y Dios sepa cuándo tendrá otro vuelo TACA sin un millón de escalas antes de llegar a San Pedro Sula.

Graciela, la más chica de la familia, estaba acostada boca abajo frente al televisor. Sus dedos volaban sobre un pequeño teclado que manipulaba la figura en la pantalla haciéndola tirar granadas de mano hacia varios combatientes mientras daban volteretas en el aire y lanzaban gritos de batalla.

—¿Eh? —contestó sin quitar la vista de la pantalla.

Isabela bajó la mochila de su hombro y la puso en el suelo dando un golpe.

—¡Graciela, baja ya de las nubes!

—¡Toma eso! —Graciela giró las piernas hasta quedarse sentada sobre ellas. Oprimía los botones con franco abandono, y abría muy grandes los ojos mientras se mordía el labio inferior hasta volverlo casi blanco—. ¡Mueran! ¡Mueran! ¡Mueran, cretinos!

Isabela puso los ojos en blanco y se interpuso entre la televisión y su hermanita menor.

—¿Muera, muera, muera? Vas a podrir tu mente preadolescente con esa basura violenta.

Graciela la saludó sólo con una mueca, y se inclinó para darle la vuelta, a la vez que movía la palanca para grabar el juego. El Nintendo dio un blip triste como si quisiera seguir jugando.

—Pero usé una nueva palabra para ampliar mi vocabulario: cretino. Eso te demuestra que no se me pudre la mente.

Dejó caer el control y se paró con un suspiro. Sus delgadas extremidades colgaban torpemente al levantarse. En algún momento durante el último año escolar, Graciela había crecido; pasó de medir 1.65 m. como Isabela a la vertiginosa altura de 1.80 m. Una vez que se acostumbrara a su cuerpo tan nuevo y tan alto, podría llegar a ser una excelente jugadora de baloncesto.

—Además —continuó Graciela con una sonrisa de satisfacción consigo misma—. El nombre de ese juego es: *Beowulf II... La Venganza de Grendel.* Así aprendo mucho de una gran obra de la literatura mientras juego.

—Así es cómo convences a mami y papi de que te compren esa basura —espetó Isabela, mirando a su alrededor en busca de Flor mientras regañaba a Graciela—. Por lo menos esto hace que no incurras en actos de vandalismo informático en el sistema de computación de la escuela.

Graciela sopló para apartar una hebra de cabello negro

y brillante de su frente e hizo un mohín con su labio inferior.

—Lo único que hice fue cambiar mi calificación en coro. No puedes hacérmelo pagar el resto de mi vida —frunció la nariz disgustada. Graciela no tenía ninguna paciencia para nada que no estuviera relacionado con las computadoras.

—Ya estoy lista.

Isabela se giró y descubrió que Flor sacaba de su habitación una enorme maleta, y luego otra, y las empujaba hacia la sala. Llevaba un magnífico vestido veraniego de tirantes de color amarillo limón, que ondulaba al caminar y se veía aun más incómodo que el pantalón caqui de *Gap* que llevaba Isabela. Flor le sonrió de manera encantadora y bajó sus gafas amarillas de sol de la cabeza para engancharlas en el escote del vestido.

—¿Quién va a cargar todo esto? —le reclamó Isabela—. Yo sé que tú no piensas arruinar tu uñas, y yo no tengo ganas de ser la Mujer Maletera asignada a tu servicio durante todo el viaje —sus últimas palabras salieron un poco más severas que su intención, pero Isabela no pudo ocultar su molestia ante la manera tan poco práctica de empacar de su hermana. A veces era tan frívola.

Flor parpadeó.

—¿De verdad sólo quieres que lleve una sola maleta? Isabela asintió con la cabeza.

—Sí, de verdad que sí. Los otros voluntarios...

—De acuerdo.

—... sólo pueden llevar una... —la voz de Isabela se apagó, y tragó en seco—. ¿Qué dijiste?

—Dije: *de acuerdo*. Cualquiera pensaría que mi propia hermana duda de que puedo vivir con lo que llevo en una sola maleta como todos los demás.

—Bueno, está bien. ¿Estás segura que no eres un extraterrestre que hábilmente ha adoptado la apariencia de mi hermana? Imagínate nada más... la verdadera Flor podría estar en un platillo volador, poniendo máscaras de belleza verdes a tus compañeros en este preciso momento.

—¡Cállate! —Flor sonrió y Graciela se encogió de hombros para luego dirigirse a la cocina, probablemente en busca de comida—. Al contrario de lo que opina todo el mundo, no voy contigo sólo para distraerme después del incendio —se hincó en el piso y abrió las dos maletas. Con gran destreza y rapidez, organizó el contenido, y volvió a empacar algunas cosas en la maleta grande y desechó otras cosas tirándolas por sobre su hombro.

Isabela se acercó a su hermana y le pasó los artículos que consideraba necesarios para el viaje.

—Bueno, ¿entonces a qué vas? —preguntó distraídamente. De reojo observó que Flor doblaba una blusa negra de cuello alto pero sin mangas para empacarla en la maleta. Isabela extendió la mano y la volvió a sacar sin parpadear siquiera.

—¡Eh!

—Créeme si te digo que no podrás usar nada negro en Honduras durante el mes de marzo —Isabela asintió con la cabeza cuando Flor empacó un corpiño de tela elástica color lavanda—. Me estabas diciendo por qué decidiste hacer este viaje?

—Lo hago por ti —Flor sonrió inocentemente envolviendo el cable alrededor de su rizador de doce velocidades y pinza ancha de marca Vidal Sassoon.

—¡Peligro! Huele a chamuscada de mártir —Isabela seleccionó un solo frasco de champú y un solo acondicionador y se los entregó a Flor para empacarlos en lugar de las otras seis marcas que desechó.

—Muy chistoso. Mira, aunque la semana pasada pudiera parecer absorta en mis pensamientos, yo me di cuenta de la manera que se miraban tú y Mateo ahí en frente del Salón de Rufino —Flor estiró la mano y tomó otro frasco de acondicionador del montón que Isabela había desechado—. Los bomberos impidieron que el incendio se extendiera a los demás edificios, pero no podrían haber apagado el fuego que había entre ustedes aunque se lo hubieran propuesto.

—Eso es ridículo —Isabela metió varios shorts en la maleta y sintió que se le aceleraba el pulso.

—¿Sí? —Flor le puso las manos sobre los hombros y la giró para hablarle—. Quizás seamos sólo primas de sangre, pero eres mi hermana en espíritu. Yo te conozco mejor de lo que tú te conoces a ti misma a veces. Todavía lo amas, Isabela. Han pasado siete años, y no has encontrado a nadie que pudiera ocupar su lugar. Ni siquiera has tenido ojos para nadie más, aparte de unas cuantas veces que saliste con ese perdedor de la facultad de matemáticas.

—Basta ya, Flor —Isabela se soltó de las manos de Flor y se dirigió hacia la pila de cosas que habían dejada detrás de ellas. Le dio la espalda a su hermana, y luego revisó la ropa que quedaba para estar segura de que Flor no hubiera dejado nada que le pudiera servir en el viaje. Escuchó que Flor se acercaba por el chasquido de las sandalias de Flor sobre el piso de madera.

—De acuerdo. No hablaremos de tus sentimientos. Yo sé que te fue infiel cuando eran estudiantes, y sé que te ha amenazado con quitarte la excavación que tanto trabajo te ha costado durante tres años. Y también reconozco que tienes mal genio. Yo sólo voy a acompañarte para impedir que cometas alguna tontería —Flor examinó sus uñas tristemente—. ¿Realmente crees que quiero jugar con tierra y estropearme el esmalte de uñas? Y sólo Dios sabrá cómo me quedará el cabello después de tanto sol.

Isabela se rió, levantándose del suelo y satisfecha con la selección de ropa de su hermana.

—Ah, pues me imagino que se te blanquearán de manera natural y perfecta algunas hebritas de cabello que sabrás aprovechar como siempre —revisó mentalmente todo el contenido de la maleta de Flor para ver si tenía todo lo necesario—crema con filtro solar, sombrero grande plegable, de ala ancha, tabletas purificadoras de agua, jabón, etcétera—antes de levantarse y dirigirse a la puerta pasando en medio de un laberinto de raso, seda y lino—. Yo te esperaré en el coche. Sólo quiero ver que nuestros pasaportes y boletos estén en un lugar seguro.

Flor bufó tratando de hacer lugar en su maleta para meter sus pantuflas color lavanda.

—Bueno, pues estoy segura de que no será la última vez que hagas eso antes de irnos.

—Dios te salve María, llena eres de gracia, el Señor es contigo... ¡Ay Dios! ¿Por qué no vine en autobús? —Isabela metió el rosario que había estado rezando en su bolsillo y descansó la cabeza sobre el respaldo de cuero del asiento del avión. Aunque Flor y el resto del equipo arqueológico estaban en segunda clase, Isabela había pagado extra con tal de viajar en primera clase. Cuanto menos gente hubiera cerca de ella durante el vuelo, mejor, pues perdía los estribos.

Desafortunadamente, el avión aún no despegaba, y mientras tanto seguían pasando pasajeros, con sus exageradamente grandes bolsas de mano que chocaban contra el descansabrazos de su asiento. Ella sentía el estómago retorcido por los nervios. Los despegues y aterrizajes eran las partes que menos le gustaban de todo el miserable proceso.

—Disculpe, hermosa —dijo una voz desde el pasillo, voz que ella hubiera preferido no oír—. Me toca sentarme en la ventanilla.

Isabela levantó la cabeza y gruñó al descubrir quién sería su compañero de viaje.

—Esquivel, ¿no tenían que ponerte en el compartimento de equipaje junto con Hermoso y el resto de los perros?

Mateo le guiñó el ojo al pasar frente a ella, y la parte posterior de sus pantorrillas la rozaron. El hombre se veía demasiado bien con su pantalón vaquero.

—¿No son maravillosos los cambios a primera clase? —preguntó mientras guardaba su mochila debajo del asiento—. Cincuenta dólares y puedo disfrutar de todo el viaje con Alegre María —Mateo tomó el cinturón de seguridad más cerca de la ventanilla y luego torció su cuerpo buscando la otra mitad que faltaba—. Indiana...

Isabela retrocedió un poco al verlo acercarse a ella, pero desafortunadamente no había mucho espacio para moverse. El cabello de Mateo le tocó el brazo cuando éste se agachó para buscar la otra parte del cinturón, y luego sintió su cálido aliento en su oído.

—Estás sentada sobre mi cinturón.

Un escalofrío le corrió todo el cuerpo, y ella lo reprimió desabrochándose su cinturón para buscar el de Mateo en su asiento. ¿Cuántas mujeres sanas y normales se excitarían con las palabras: *estás sentada sobre mi cinturón?* Como si no se sintiera ya lo suficientemente frágil como para tener que lidiar con Mateo sentado justo a su lado. Sería la última vez que prendería una vela a San Judas Tadeo en la iglesia para pedirle un vuelo agradable y sin sustos. En lugar de llamarle *el santo de los milagros,* deberían decirle el *santo de las bromitas pesadas.*

Cuando Mateo estaba ya bien acomodado, con el cinturón abrochado y sin tocarla —afortunadamente—, Isabela se agachó para sacar de su mochila un mapa de las ruinas de Copán. Quizás hablar de negocios le ayudaría a ahuyentar la sensación de muerte inminente que sentiría estando a más de 10,000 metros sobre el Golfo de México en una caja de zapatos metálica muy grande y pesada, que nadie se podría imaginar que pudiera volar.

—Bueno —bajó su bandeja para extender el mapa, y alisó los dobleces con las manos—. Anoche hice unos cambios de plan de trabajo en la excavación. Creo que deberíamos ampliar la excavación por este lado —señalo a un espacio en el mapa por afuera del círculo rojo dibujado alrededor de la excavación actual—. Más alejado del Templo 10 y más cerca del límite de la acrópolis. Dado que los mayas no quisieron reconocer a una gobernante mujer, lo más lógico es que no esté enterrada junto con los reyes. De todos modos, le darían un entierro formal reservado para la élite, en lugar de arriesgarse a desagradar a los dioses mayas. Se me ha ocurrido esto durante las últimas semanas. Todo lo que he visto durante el último año me indica que estaría aquí —observó cómo Mateo asentía con la cabeza, y bajaba los ojos en son de respuesta.

—Isabela, estás pensando demasiado —dijo, al trazar con el dedo sobre el círculo rojo que señalaba la excavación anterior—. Tus planes originales estaban bien. Tenemos que acercarnos más al Templo 10.

Con unos cuantos movimientos hábiles, ella dobló el mapa cuatro veces y lo metió de nuevo en su mochila.

—Como todos los hombres. Tienes apenas un mes como colaborador en este proyecto, y crees realmente que puedes ser codirector. Yo llevo *años* buscando a la Dama Roja —sopló una hebra de cabello que se le había caído sobre los ojos—. Y ya hemos buscado por toda el área del Templo 10 y por sus alrededores con sumo cuidado.

—Mira Indiana —empezó, mientras se inclinaba hacia ella y bajaba la voz—. En este momento no puedo decirte por qué lo sé, pero tengo información que sólo te contaré cuando estemos en un lugar seguro. Tienes que confiar en mí.

Ella emitió un sonido mezcla de lloriqueo y risa y se reprochó por haberlo hecho.

—Sí —asintió con la cabeza y levantó la mirada al techo—. Confiaré en ti. ¡Cómo no!

—Señora —un auxiliar de vuelo se paró a un lado de Isabela y dio unas palmaditas al respaldo del asiento delante de ella—. Tendrá que guardar la mesita durante el despegue.

Ella asintió con la cabeza, y tragó en seco obedeciendo las indicaciones del hombre.

—Indiana...

—Mira, ya no quiero hablar del asunto — cerró los ojos y sacó el rosario de su bolsillo para acariciar sus suaves cuentas de cristal—. Ya no.

El altavoz chasqueó y rechinó, y luego los motores zumbaron mientras el avión se alejaba de la terminal. *¡Sobrecargos, prepararse para el despegue!* anunció el capitán, aparentemente inconsciente de la sensación de peligro que existía en el avión.

—Mi asiento sirve también como cojín de flotación —murmuró al repetir la explicación del auxiliar de vuelo para calmarse—. En caso de cambio en la presión de la cabina, aparecerá automáticamente la máscara de oxígeno del compartimento sobre el asiento. Ayudar a Mateo con su máscara antes de colocarme la mía.

—Indiana, me conmueves.

—Cállate —el avión avanzó tambaleante, y ella se preguntó si el piloto se daba cuenta de que el motor izquierdo sonaba como si alguien hubiera dejado una llave inglesa en su interior—. Ver que mi cinturón esté abrochado. Meter el extremo plano en la hebilla y tirar hasta que quede ajustado.

—¿Indiana?

Ella escuchó la voz de Mateo, pero se negaba a mirar nada hasta que estuvieran en pleno vuelo.

—Ahora no. Las puertas de emergencia se encuentran en las filas seis y catorce. En caso de una falla eléctrica, los focos que recorren el pasillo se prenderán y me guiarán a la salida de este miserable pedazo de chatarra. Los sobrecargos me ofrecerán una bebida tan pronto como emprendamos el vue... ¡Ay Dios! —sintió que giraba el avión sobre la pista y abrió los ojos para mirar a Mateo—. ¡Detesto los aviones!

—¡Jamás lo habría notado —dijo con una sonrisa.

—No puedo hacer esto —dijo palpando el seguro de su cinturón con los dedos—. ¡Madre de Dios! No puedo hacer esto.

Mateo se enderezó en su asiento con una expresión de preocupación en lugar de su sonrisa anterior y levantó el descansabrazos que los separaba.

—Caray, Indiana, ¿realmente tienes tanto miedo?

Ella se tiró de su cinturón, pero no lo pudo abrir. Con

un gemido de descontento, apoyó las manos sobre el asiento de adelante mientras los motores del avión aceleraban para concluir la última parte del despegue de la tierra. No podía perder los estribos. Ahora no, y no en este lugar.

—Mírame, Indiana —ella sintió sobre sus hombros la calidez de dos manos que la giraban en la dirección de Mateo—. Isabela, mírame.

Ella levantó la cabeza y lo miró directamente a los ojos de ese color tan profundamente azul. Respiraba entrecortadamente.

—Puedes hacerlo. Mírame a la cara —alzó una mano para acariciar su mejilla y recorrió sus dedos suavemente por su piel—. Todo saldrá bien. De verdad, que estás más segura en un avión que en un coche, ¿sabes?

Isabela asintió con la cabeza, y se permitió perderse en su mirada mientras el avión corría por la larga pista. Sus manos, animadas de voluntad propia, se estiraron aferrándose a los codos de Mateo, y dio gracias a Dios de que fuera tan fuerte para refugiarse en él. Respiró hondo varias veces.

—Ya —le sonrió Mateo y ella le sonrió débilmente—. ¿Sabes? Yo jamás supe que tuvieras miedo a nada —estiró la mano para tomar una hebra de cabello entre sus dedos—. Siempre fuiste una intrépida. Eras una hermosa diosa que podía hacer lo que quería y ser quién quería ser —se le acercó para tocarle la frente con sus labios—. Eras magia pura.

Sintiéndose mareada, ella bajó la cabeza y se arrulló en la nuca masculina. El aroma de su camiseta limpia de algodón se mezclaba con el aroma de él. Apenas notó cómo temblaban las alas y se esforzaban los motores para emprender vuelo.

—No me sueltes —susurró ella.
—Nunca —respondió él.

Unas horas más tarde, Isabela tuvo la sensación de caerse. Era una extraña sensación como si estuviera flotando en el aire, casi como si se detuviera el tiempo, y como Alicia en el País de las Maravillas, su caída era tan suave que confiaba en llegar al final del hoyo del conejo sin siquiera lastimarse. Cuando abrió los ojos se dio cuenta de que no se caía después de todo, sino que estaba suspendida en el borde de un precipicio conocido al sureste de las ruinas de Copán. Se aferró a la orilla con las manos, y aunque reconociera que caerse significaba morirse, se sentía extrañamente desapasionada respecto a su situación.

Isabela echó la cabeza hacia atrás y miraba el azul intenso del cielo justo cuando aparecieron dos figuras ante ella, tapando los ardientes rayos del sol tropical. Ella abrió la boca, pero no salió palabra alguna. Un par de ojos en una cara muy conocida para ella la miraban, y al lado de esa mujer estaba Mateo. Él ni se ofrecía a ayudarla.

Isabela miró hacía abajo, a las rocas puntiagudas que forraban las orillas del Río Copán, y luego volvió a alzar la vista para mirar a Mateo y a la mujer de sus pesadillas. Su risa hizo eco por todo el valle del río mientras uno de ellos le escupía, y la abundancia de su saliva hizo que los dedos de Isabela resbalaran. Entonces supo que estaba volviendo a caerse.

—¡Ay Dios! —asustada, Isabela se despertó justo cuando el avión tocaba tierra en la pista del aeropuerto de San Pedro Sula. Aún estaba enredada entre los brazos de Mateo, aunque éste ni siquiera se despertó con el golpe del avión al aterrizar. Después de soltarse suavemente del abrazo de Mateo, volvió a bajar el descansabrazos que se separaba sus asientos. Obviamente, más le convendría poner un poco de distancia entre ellos. Hasta sus sueños le decían eso.

Entonces, ¿por qué le costaba tanto trabajo entenderlo?

Isabela se desabrochó su cinturón de seguridad y esperó en su asiento hasta que el avión se estuvo completamente detenido en la pista del aeropuerto. Echó una mirada por la ventanilla, sorteando el cuerpo dormido de Mateo y observó cómo el personal del aeropuerto colocaba la escalera móvil frente a la puerta del avión. Ese hombre era capaz de dormir hasta en un ataque nuclear. En cuestión de minutos, ella ya estaba lista para bajar, antes de que se detuviera el ruido de los broches de cinturones de seguridad en el compartimento de segunda clase; y antes de que Mateo se despertara para darse cuenta de dónde estaban. Una brisa cálida y tropical la envolvió al desembarcar del avión, y abrió los brazos para disfrutar de aquella repentina sensación de libertad.

—¡Isabelaita! —le llamó una voz rasposa desde un balcón del aeropuerto, y descubrió a su abuela que la saludaba agitando la mano desde el barandal, rodeada por una muchedumbre. Regresarían juntas en autobús a Copán después de haber comido en San Pedro.

—¡Abuela! —le llamó y corrió hacia la terminal, con el deseo de que esta vez los trámites fueran más rápidos.

En cuanto entró, se dio cuenta de que la anciana había logrado convencer al personal de dejarla pasar a la sala de la aduana y le hacía señas para que se acercara a un agente que parecía estar algo molesto. Isabela esperó a un lado de la cinta transportadora de equipaje hasta que llegó su maleta — y de milagro fue la primera en salir — y la cargó hasta donde estaba su abuela.

—Ay, chica —dijo su abuela abrazándola con sorprendente fuerza para una mujer de setenta y dos años–. ¡Cómo te he extrañado! ¿Qué tal?

—Estoy de maravilla ahora que estoy contigo —respondió, riéndose mientras su abuela la besaba en las dos mejillas, indudablemente dejándole una huella de lápiz labial color coral en cada lado de la cara. Al terminar de saludarse, Isabela colocó su maleta a la mesa y la abrió. Sonrió al inspector de aduanas con una amplia y alegre sonrisa para demostrarle que no tenía nada que ocultar mientras le entregaba un billete de cinco dólares estadounidenses y una gorra de béisbol del equipo de Lafayette que traía en su mochila especialmente para él. En Honduras, la costumbre era de darle una gratificación a los agentes para gozar del privilegio de una revisión breve en la aduana.

—Tenemos mucha prisa —explicó.

El inspector asintió con la cabeza al revisar el contenido de su maleta.

—Déjame verte —dijo Lupe, estirando las manos para acariciar las mejillas de Isabela. La miró detenidamente, y asintió con la cabeza—. Ah, por fin mi Isabelita está enamorada.

—Ay, Abuela...

—Y es muy guapo, además. Tiene un lindo trasero.

Isabela se giró y encontró a Mateo formándose en la cola para el próximo empleado aduanero que revisaba al lado de ellas. Se frotaba el tabique de la nariz intentando evitar un bostezo. Se dio vuelta nuevamente hacia su abuela, que se estaba arremangando la blusa de su caftán bordado, típico del estilo local, y que le lanzaba miradas seductoras a Mateo por debajo de sus expertas pestañas. Isabela agitó la mano frente a la cara de su abuela para hacerla reaccionar.

—Abuela, eso fue hace muchos años. Ya no estamos enamorados.

La anciana le guiñó el ojo y asintió con la cabeza.

—Lo que quieres decir es que no lo admites. Así es mi Isabelita: *genio y figura, hasta la sepultura.*

Isabela se movió nerviosamente hasta que el inspector cerró la cremallera de su maleta. Con un gruñido, el hombre delgado la bajó de la mesa y se la entregó a Isabela mientras se ponía su nueva gorra de béisbol de colores morado y dorado.

—Yo recuerdo cuando tu abuelo y yo éramos jóvenes —continuó Lupe—. Él también tenía un lindo trasero —asintió con la cabeza varias veces, y luego tomó la mano libre de Isabela para acariciarla un momento antes de soltarla y balancearla entre las suyas—. Disfruta del momento, Isabela. Se siente como si volaras.

—Volar es lo que más temo en la vida —murmuró Isabela.

Capítulo Cinco

Una parada más allá de dónde habían dejado a su abuela, Isabela bajó del autobús proveniente de San Pedro justo en el momento en que el cielo empezaba su metamorfosis del color azul claro que tenía durante las horas del día a los tonos de rosa apagado y añil. En el preciso momento en que sus sandalias pisaron la grava, frente a las puertas de estuco que marcaban la entrada a las ruinas, Isabela sintió su acostumbrada carga de energía y emoción. Copán. Ya estaba en casa.

Escuchó a Flor que bajaba del autobús, y sin girarse, dijo:

—Lleva tus maletas allá. Pregúntale a cualquiera dónde se encuentra mi tienda de campaña. Dormirás conmigo —Isabela señaló con el dedo en dirección a las grandes tiendas de lona cedidas por el Instituto Hondureño de Arqueología y Antropología que yacían en el borde del parque y que parecían pequeños hongos marrones. Todas tenían pisos de madera, dos camas gemelas coronadas con mallas contra insectos, un ventilador a pilas y una linterna, así como una mesita para escribir. No era precisamente el Hotel Ritz, pero dado que Copán contaba con un clima más templado que las partes menos elevadas de Honduras, eran bastante cómodas y costeables para el presupuesto del que disponían.

Demasiado desorientada por el viaje como para discutir con su hermana, Flor bostezó, estiró los brazos, y luego asintió de manera soñolienta antes de dirigirse hacia el césped arrastrando tras ella su maleta y la jaula de Hermoso. Isabela llevó su propia maleta y su mochila caminando por polvoriento camino de grava y las guardó atrás de un frondoso árbol de ceiba. Con un poco de suerte, podría caminar un rato por las ruinas antes de que anocheciera.

Aceleró el paso, atravesó la puerta para entrar en el mundo donde mejor se sentía. Aparte del canto de algunos pájaros, del zumbido de los insectos y del ruido de sus propios pasos, todo a su alrededor estaba silencioso y el peso de mil años de historia la llenaron por completo. Desde esta perspectiva, las imponentes ruinas de piedra parecían estar abandonadas, y sintió como si ella fuera la primera persona en descubrir la ciudad desde la caída de su civilización mucho tiempo atrás.

Chichén Itzá, Uxmal, Tikal, Palenque. Isabela había visitado todas las principales zonas arqueológicas mayas desde México hasta Honduras — y también algunas de las zonas menores — y en ninguna había tenido la sensación de que estuviera *encantada* como en este lugar. Dio un paso sobre el mullido césped bien cuidado que conducía al centro de la ciudad. Había sido la más prestigiosa de todas. Copán.

Aspiró profundamente el aire al pasar por debajo de un túnel natural de árboles y bromeliáceas espinosas anaranjadas y rojas para llegar a la Gran Plaza. Aparecieron ante ella los seis monolitos de piedra, conocidos como *estelas,* que tenían cuidadosamente labradas por ambas caras una representación de *Waxaklahun-Uban-Káwil*. El extraño nombre del rey muerto no lo era menos al traducirlo al español: *Conejo 18*.

A Isabela los monolitos le parecían gigantes de piedra, tanto por sus caras impávidas en forma de luna como por sus magníficas coronas; y los jeroglíficos en relieve cubrían todas las superficies disponibles con una lengua que los arqueólogos hasta la fecha seguían sin poder descifrar completamente. Aunque hubiera pasado un milenio desde que los mayas habían vivido en Copán, cada vez que entraba a la ciudad, Isabela tenía la sensación de que la estaban observando. Era asombroso QUE después de tantos años la majestad y la belleza del lugar siguiera impresionándola.

Mañana estaría dedicada en cuerpo y alma a la excavación; a la revisión de la topografía de la zona propuesta para la próxima etapa, al diseño de la cuadrícula con las medidas marcadas con cuerdas, listones plásticos de color, y estacas; y a asignar responsabilidades a los estudiantes y a los voluntarios del Instituto Hondureño. Pero por ahora, Isabela sólo hablaría con las piedras.

Se dirigió a la Estela H, que representaba a uno de los grandes reyes de Copán. Sin embargo, quién era el gobernante que representaba era la pregunta del millón de dólares. Aunque decididamente pareciera ser mujer, el pilar estaba catalogado en la mayoría de la documentación de Copán como: *El Rey Conejo 18 con falda*.

Isabela se paró en puntas de pie y deslizó sus dedos sobre los detallados jeroglíficos e imágenes que rodeaban la estela y que enmarcaban la cara serena y armoniosa que asomaba medio metro más arriba de su cabeza.

—Está claro que no eres ningún *Conejo 18*. ¿Pero quién eres? —colocó sus palmas sobre la parte inferior de la estela y cerró los ojos, concentrándose en la sensación áspera de la piedra antigua y fresca—. Mejor dicho, *¿dónde estás?*

—Sabes... si mañana te paras ahí, bajo el sol, durante un buen rato, puede que ella te conteste.

—¡Ay, madre mía! —exclamó Isabela, y al girar alzó las manos instintivamente para protegerse la cara—. Mateo —se acomodó un mechón de pelo detrás de la oreja y le sonrió tímidamente—. ¿No podrías hacer más ruido al caminar?

Mateo se rió mientras se agachaba hacia la base de la Estela H, y frotó un poco de tierra de las ranuras del monolito con el dedo pulgar. Su camiseta se adhería a sus hombros, y marcaba la fuerte musculatura de su ancha espalda.

—Si pudieras relajarte un poco y dejar de comportarte como una generala, sería capaz de caminar a través del fuego por ti—dijo sin mirarla.

Isabela frunció el ceño y metió las manos en los bolsillos de su short.

—No es mi intención comportarme como ninguna generala —empezó a decir. Entonces dos figuras que se acercaban en la semioscuridad les llamaron la atención... una era alta y otra bajita.

—Los Dos Chiflados no me han dejado un solo segundo desde que mencioné tu nombre —explicó Mateo mientras se levantaba, frotándose las manos para sacudirse el polvo—. No creo que me hayan entendido ni una palabra, pero parece que les urge verte.

—Han trabajado conmigo desde la primera vez que vine a Copán después de hacer mi doctorado. Son del Instituto Hondureño —dijo Isabela, dirigiéndose hacia ellos para saludarlos.

El alto era Tomás, un ingeniero de cabello canoso con la frente amplia y grandes ojos color café que le recordaban a Bambi. Estaba especializado en el análisis y reconstrucción de las edificaciones antiguas de los mayas. Fue el primero en acercársele, y estiró unos brazos exageradamente largos para tomarla por los hombros. De haber sido de una estatura normal y no de más de dos metros con cinco centímetros, los nudillos de Tomás habrían tocado el suelo al caminar.

—Bienvenidos, señorita Isabela —dijo, con ojos que brillaban de alegría rozando con sus labios cada una de las mejillas de Isabela.

Isabela le dio una palmadita en la mano y se retiró, sintiéndose incómoda ante tanta efusividad por parte de Tomás. Sólo la había saludado conforme a la costumbre local, pero ella estaba demasiado acostumbrada al modo estadounidense como para sentirse realmente cómoda. Además, como directora de la excavación, tenía la obligación de mantener cierta distancia profesional.

Se giró hacia Pedro, que se había quedado algo alejado del pequeño grupo, y que sostenía entre sus manos, retorcida contra su pecho, su vieja gorra de béisbol de los Dodgers con la que siempre cubría su cabello corto y rizado. Pedro era el historiador de la zona, y hacía la cartografía y dibujos de todo lo que encontraban en la excavación.

—Hola Pedro, ¿qué tal?

Pedro ajustó tímidamente sus gruesos lentes negros que le daban un aire de Buddy Holly y echó su risa especial en un tono agudo. Isabela jamás había conocido a un hombre que *pudiera* reírse así hasta que escuchó la risa tan especial de Pedro. Durante los tres años que habían trabajado juntos, no recordaba una sola vez en que el hombrecito dijera más de cinco frases completes en su presencia. Afortunadamente, Tomás tenía la increíble habilidad de interpretar las risitas y gestos de Pedro, al más puro estilo de C3PO y R2D2 en *La Guerra de las Galaxias*. Y como los dos eran inseparables, no tenía importancia que Pedro se esforzara en hablar.

Conversaron sobre sus planes de trabajo para el día siguiente. Una vez concluidos sus asuntos, Isabela señaló en dirección a las tiendas. Con la puesta del sol tras las montañas, los senderos se volvían cada vez menos discernibles.

—Bueno, muchachos —dijo—, ya es hora de dormir.

Tomás se rió y respondió:

—Vamos al restaurante en Tunkul. Venga con nosotros —prendió una linterna eléctrica formando un círculo de luz amarilla alrededor del grupo—. ¿Una cerveza?

Mateo prestó más atención al escuchar la palabra *cerveza*.

—Con mucho gusto.

Isabela sacudió la cabeza.

—Vayan ustedes si gustan. Algunos tenemos que trabajar por la mañana —ignoró la mueca de Tomás—. Y espero que ninguno de ustedes esté con resaca mañana. Tenemos mucho que hacer.

Pedro silbó con disgusto.

—Vamos, Indiana —dijo Mateo, apoyándose en el monolito de piedra bajo la luz del crepúsculo—. Con tanto trabajo sin diversión te vuelves muy aburrida.

—¿Sabes qué? Me agrada que pienses que soy aburrida —contestó ella medio en serio y medio de broma—. Es más, me encanta. Porque si tú quieres pasarte los días emborrachándote para convertirte en un inservible, por lo menos no me darás la lata.

Mateó se rió suavemente, pero la risa sonó grave y peligrosa.

—Se necesita mucho más que unas cuantas cervezas para volverme inservible, querida —dijo, y algo en su tono y en el largo silencio que siguió hizo que Tomás y Pedro intercambiaran miradas extrañadas.

De reojo, ella notó que Tomás se agachaba para colocar la linterna en el suelo, y lentamente Pedro y él se perdieron en la oscuridad. Escuchó la risita nerviosa de Pedro y los vio correr en dirección al campamento.

—No era necesario —se cruzó de brazos moviéndose a la sombra para evitar que la linterna iluminara los indicios de su repentina descarga de deseo al imaginarse de qué era capaz Mateo—. Te portas como Clarence Thomas.

Él se rió de nuevo, y en un sólo movimiento fugaz, se giró y apagó la linterna.

—¿Qué haces? —preguntó ella, y parpadeó por la repentina oscuridad, tratando de acostumbrar la vista para ver mejor.

—Si quieres quedarte de pie en la oscuridad, está bien. Lo haremos los dos.

Isabela apenas podía discernir la forma de su cuerpo, pero podía palpar el calor que emanaba de él como un aura. Las criaturas nocturnas del bosque empezaban a dar señales de vida y se podían escuchar los cantos de los pájaros y los aullidos de los monos, así como también movimientos en la vegetación tras el paso de algún ser viviente — una serpiente, un mono, o acaso un jaguar — que paseaban por la selva tropical. El crepúsculo, antes de caer en completa oscuridad, era siempre un momento de descanso de los mosquitos feroces que molestaban durante todo el día. No duraría mucho, porque en cualquier momento llegarían nubes de zancudos desde los árboles. Y ella no se había puesto crema repelente de insectos desde que subieron al autobús en San Pedro.

Mateo se acercó aún más, hasta reducir el espacio entre ellos a menos de un metro, y a Isabela se le olvidaron todos los detalles prácticos de estar a la intemperie a esas horas de la noche. Sólo pudo pensar en el hombre parado frente a ella. Una brisa fresca le acarició los hombros, desnudos porque sólo llevaba un corpiño, e Isabela se desabrochó el broche del cabello para soltar su largo y espeso cabello negro. Por lo menos le protegería un poco el cuello y hombros.

Se quedaron así durante un largo momento, y ella observó la silueta de Mateo bajo el manto de oscuridad que los envolvía. Se esforzó para escuchar el ritmo de su respiración, tratando de pasar por alto la tentación de apoyar la mano sobre su pecho para asegurarse de que no se había convertido en uno de los reyes de piedra que los rodeaban.

—Prende la luz, Mateo —le dijo mientras sus cuerpos se atraían como si fueran un imán.

Escuchó el crujido de la manga metálica de la linterna como respuesta cuando Mateo la alzó en el aire.

—Tómala —le dijo.

El último rayo del sol desapareció al terminar el largo viaje de su ciclo. Ahora, según las leyendas mayas, era cuando la bola de fuego entraría en Xibalba, o debajo del mundo. Y en ese momento Isabela quería desaparecer de la misma manera. Estaba demasiado oscuro para tomar la linterna sin tocar a Mateo, y tocarlo en este momento la llevaría a un punto sin vuelta atrás.

—¿Por qué me haces esto?

Escuchó el suspiro de Mateo y sintió su aliento en la mejilla.

—Pensé que podría ser más fácil para ti —el metal oxidado rechinó ligeramente al bajar de nuevo la linterna—. Creo que ya es hora de aclarar las cosas entre nosotros de una vez por todas, y si te es más fácil hacerlo sin tener que mirarme, entonces así será.

Isabela sintió que se le doblaban las rodillas, y se sentó en el pedestal de la Estela H.

—Ay, Mateo.

—¿Por qué te fuiste?

Ella subió las piernas y las apretó contra su pecho mientras visualizaba cómo el espacio entre ellos se abría en un gran abismo. Isabela escuchó el canto del bosque durante varios largos minutos antes de responder con su propia pregunta.

—¿Quién era ella?

Mateo emitió un rugido de confusión antes de sentarse en el suelo frente a ella. La luz tenue de la entrada del parque se filtraba por los árboles, y lo único que podía discernir ella era su figura... la forma de sus brazos que descansaban sobre sus rodillas dobladas, la línea ancha de sus hombros y espalda, y la oscuridad negra de su cabello.

—¿Ella? ¿De qué estás hablando?

—Aquella mujer. Soñé con ella, y al día siguiente te descubrí besándola en la universidad —Isabela se concentró en su propia respiración; inhalaba y exhalaba el aire hasta lo más profundo de sus pulmones con gran lentitud para controlar su deseo de gritar. Aquello seguía hiriéndola con un dolor punzante, como si volviera a ser la misma chica de veintitrés años.

—Isabela —se le quebrantó un poco la voz. Casi sin

pensarlo, ella respondió con una caricia en su hombro, y él inclinó la cabeza hasta apoyarla sobre su mano.

Aunque sintiera un hueco debajo de las costillas, la sensación de tocar a Mateo también parecía darle la fuerza a Isabela para enfrentarse con su pasado. Movió la mano para tocar la cara de Mateo con su palma y sintió su áspera barba de un día sin afeitar.

—Cuéntame, Teo —dijo suavemente—. Tengo derecho de saberlo por tus propias palabras.

—¿Te fuiste por un sueño? —apartó la mano de ella con un movimiento leve, y quedó de espaldas a ella—. Pues te conozco. Conozco lo de tus sueños, pero jamás pensé que te harían abandonarme sin siquiera hablar conmigo.

Ella jugaba con una delgada pulsera de oro que Flor le había regalado justo después de su huida de San Luis. A pesar del tono suave de Mateo, Isabela se dio cuenta de que estaba enojado por la postura de su cuerpo; tenía la espalda tiesa y hombros rígidos.

Mateo se pasó la mano por el cabello, con movimientos rápidos que demostraban que estaba nervioso.

—Cuando estábamos juntos en la universidad, ese año en que te fuiste, mi madre había estado en una excavación en Copán. ¿Te acuerdas?

Isabela sintió un escalofrío ante el tono insensible de su voz.

—En la excavación donde tuvo el accidente —respondió suavemente.

—Exacto. También estaba buscando a cierta reina maya. Una reina que quizás conozcas.

Isabela no daba crédito a sus oídos.

—¿La Dama Roja?

En todos sus años de investigación, jamás había des-

cubierto ninguna evidencia que indicara que Joana Esquivel ni ningún otro arqueólogo sospechara que la
Dama Roja había existido realmente. Hasta ahora, esa
coincidencia no era real más que en los sueños.

—Sí. ¿Sabes que cada peldaño de la Escalera de los
Jeroglíficos cuenta con detalle la historia de los primeros
catorce gobernantes de la ciudad? —preguntó, pero continuó sin esperar respuesta—. Los mayas quitaron el peldaño de la Dama Roja de la escalera y lo escondieron en
una cueva en las montañas al este de la ciudad.

Isabela sintió que se le erizaban los vellos en la nuca
al considerar la importancia de lo que Mateo le estaba
revelando.

—¿Y Cómo lo sabía Joana? —preguntó lentamente.
El pulso se le aceleraba más y más en espera de una respuesta.

—Porque ella encontró la cueva.

—¡Madre de Dios y de todos los santos! —murmuró
Isabela, sacudiendo la cabeza sin poder creerlo, y frotándose los brazos con las manos—. El peldaño de la Dama
Roja. Por fin una prueba —inclinó la cabeza hacia atrás
para mirar las mismas estrellas que poblaban el cielo en
la época en que la Dama Roja reinaba en Copán—.
Mateo, ¿sabes dónde está? ¿Podemos encontrarla?

Para su sorpresa, éste se rió amargamente como respuesta a su entusiasmo.

—Claro, yo puedo encontrarla. Llevo el mapa de
Joana conmigo a todas partes —ella sintió que se movía
y luego escuchó algo que se parecía a un viejo papel que
se desplegaba—. Pero eso es sólo parte de lo que quería
decirte esta noche. Es que Joana murió a causa de este
mapa, y murió a causa de ese maldito peldaño.

Ella sintió que Mateo se levantaba y escuchó el crujido de la hierba bajo sus pies mientras la sombra de su silueta se paseaba frente a ella, y sintió que la sensación fugaz de alegría que había experimentado se desvanecía en la oscuridad de la noche.

—¿Teo? No comprendo.

—Mi mamá murió dos semanas antes de que te fueras. Quería decírtelo, pero no sabía cómo. Estábamos casi entrando en los finales, y no quería mortificarte con mis problemas. Te quería mucho, y yo sabía que te pondrías muy mal al enterarte de su muerte.

Una sensación de puro terror se apoderó de ella ante las palabras que seguirían, y volvió a sentir el estómago retorcido y ese dolor debajo de las costillas.

—¿No me lo dijiste por los exámenes finales? Teo, a mí me hubiera gustado consolarte.

—¿Como me consolaste dos semanas después? —espetó, y la acusación y el dolor en su tono de voz superaba lo que ella podía soportar. Aunque quería que la volviera a tocar, Isabela reconocía que eso ya no sería posible después de esta noche. Sintió una sensación de pérdida más profunda de lo que podía imaginar.

Mateo había dejado de pasearse, y ella estaba agradecida de no poder verlo, de no poder mirarlo a los ojos; porque sabía que todos los colores del océano la mirarían con desprecio.

—¡Ay, Teo!

—Esa mujer —continuó—, con la que soñaste, fue la que mató a mi madre.

—Pero...

—No hay pruebas —Mateo interrumpió su protesta—, pero lo sé. Mi mamá acababa de encontrar el peldaño de la Dama Roja de pura casualidad, y ni siquiera les había dicho nada al resto de su equipo. Sin embargo, me

llamó a mí. No sé cómo pero de alguna manera esta
mujer escuchó nuestra conversación. Mi mamá me dijo
que la mujer le había propuesto comprar algunos de las
piezas más valiosas de la tumba de la Dama Roja antes
de que los declarara al gobierno hondureño. Cuando
Joana se negó rotundamente a hacerlo y me envió el
mapa para salvaguardarlo, de repente tuvo un *extraño
accidente.*

Isabela cerró las manos en un puño, y clavó las uñas
en sus palmas al mismo tiempo que sacudía la cabeza
como para ahuyentar lo que seguiría... una explicación
que disiparía todo lo que había pensado de Mateo durante los últimos siete años.

Ella sintió que se hincaba ante ella y cubrió las manos
de ella con las suyas.

—Pregúntame por qué la besaba, Isabela. Quiero que
lo sepas.

—No —dijo ella, y la palabra salió como un grito.

—Isabela...

Ella sintió que se le caía el mundo a su alrededor, y
sabía que el cargo de consciencia le pesaría más que el
mundo a Atlas. Su abuela siempre le había dicho que no
se puede detener al destino. Y en este momento el destino la iba a arrollar como si fuera un tren a toda veloci-
dad y ella estuviera atada a la vía.

—¿Por qué la besaste? —susurró.

—Porque ella no sabía quién era yo. Yo quería escuchar de su propia boca que había matado a mi madre —
continuó él, retirando sus manos. Antes de poder
impedírselo, Isabela trató de tocarlo sin conseguirlo—.
Yo no sé qué clase de trucos me jugaba el destino en ese
momento, pero ella acabó en San Luis y un día me pidió
indicaciones. Cuando me dijo su nombre, pensé que le

podía sacar la verdad; que podría hacer justicia si le permitía acercárseme.

Hizo una pausa.

—No, eso no es cierto. En realidad, quería matarla.

—Mateo —suspiró Isabela, reconociendo que si alguien le hubiera hecho daño a sus padres o a sus hermanas, ella habría sentido la misma furia protectora, la misma necesidad de hacer justicia, aunque fuera por su propia mano.

—La conocí una semana y dos días antes de que te fueras. No estoy seguro de qué la hizo besarme ese día cuando nos viste, pero me dio náusea, físicamente. Yo quería ahorcarla en ese momento y... —ella escuchó el rugido de su respiración—. Pero en ese momento supe que ya no podía fingir más. Tan pronto como me di cuenta de que podía retroceder sin lastimarla ahí mismo, lo hice. Fue la última vez que la vi.

—En cierto modo —continuó—, tu retirada fue buena, porque me hizo sentir algo aparte de odio. Debería darte las gracias por impedir que arruinara mi propia vida —dijo.

A Isabela, su voz le resonaba hasta los huesos, mientras las sombras de los reyes de piedra la juzgaban en silencio. Ella ya no era merecedora de este lugar, y no era merecedora de él. Jamás lo sería.

—Mi madre me envió por correo este mapa que conduce al peldaño de la Dama Roja, y me pidió en su carta que terminara lo que ella había comenzado si algo le sucediera. Cuando supe que tú buscabas a la Dama Roja, cobré un par de favores para que me incluyeran en tu equipo de excavación. No tenía nada que ver con sabotaje, ni con poner en duda tu capacidad como arqueóloga. Tu prestigio en todo el país es mucho mayor que lo que piensas.

Escuchó que él suspiraba suavemente.

—Y si supe de ti en Boston, apuesto a que la mujer que asesinó a mi madre también sabe de ti. Aquí estará, y la esperaré —prendió la linterna, y los angulosos rasgos de su cara se iluminaron con la luz—. Y eso es por lo *único* que me quedo aquí.

Isabela sintió sus últimas palabras como golpes, y se preguntó lo que hubieran podido ser de haber tenido más confianza el uno en el otro. Sabía que él esperaba alguna palabra de su parte, pero su confesión la había dejado completamente muda y en ese momento, no sabía si podría volver a pronunciar palabra alguna en toda su vida.

Después de un largo momento que pudo haber sido varios segundos o varias horas, Mateo se puso de pie. Se fue tan silenciosamente como había llegado antes, cuando la había asustado, aquel momento le parecía ahora una vida pasada. En la oscuridad de la noche, Isabela se dio cuenta de que estaba desorientada. Su mundo se le había derrumbado por completo.

¿Cómo te desenamoras de alguien? se preguntó, mirando fijamente el lugar que él acababa de abandonar.

Capítulo Seis

Mateo abrió la puerta mosquitera del restaurante de Tunkul mirando a su alrededor en busca de Pedro y Tomás y la cerró con un golpe tras él. Unos cuantos clientes, la mayoría hombres maduros vestidos con guayaberas y gorras de béisbol o sombreros, estaban buscando la felicidad en una botella de Corona o simplemente charlaban alrededor de mesas de madera, sentados en bancos, en la sección del restaurante. Unos cuantos se dieron vuelta para ver quién entraba, mientras Mateo se encaminaba hacia la barra. Luego descubrió a los dos arqueólogos, lo cual no le fue difícil, pues en cuanto lo vieron lo saludaron con un *¡hola gringo!* al unísono.

Pedro le dedicó una amplia sonrisa, y sus lentes negros reflejaban la luz de la lámpara colgada atrás del bar mientras alzaba su cerveza en son de saludo. Tomás tomó el último sorbo de su cerveza y le dio a Mateo una palmadita en el hombro.

Sacando un poco de dinero de su cartera, Mateo los invitó:

—¿Quieren una cerveza?

Tomás le sonrió y le volvió a dar una palmadita en el hombro y casi lo hizo caerse del taburte de la barra donde se había sentado.

—Sí profesor. Una Miller.

Notó que habían estado tomando Coronas, pero por deferencia a Mateo, pidieron una cerveza estadounidense. Él pidió dos Miller para los hombres y para sí mismo un tequila. Cuando el cantinero colocó las bebidas frente a ellos, él levantó el trago y tomó el líquido color ámbar en un solo trago; al terminar se limpió la boca con el dorso de la mano.

Pedro lo observaba mientras que la vieja máquina de discos ubicada en un rincón tocaba un disco rayado de música mariachi.

—¿Qué pasó, gringo? —su voz era suave y un poco ronca, como si su garganta necesitara un poco de aceite.

Mateo suspiró ante la pregunta de Pedro. Él mismo se preguntaba lo mismo.

—¿Te puedes imaginar cuán patético me siento al emocionarme tanto por esa mujer después de tanto tiempo? —preguntó, y sintió cómo se le curvaba la boca en una sonrisa sardónica cuando los dos hombres le miraron sin expresión alguna. Alzó su copa vacía a los labios y dejó que las últimas gotas cayeran a su boca. Al bajarla de nuevo, notó que Tomás lo observaba intensamente.

—¿Qué?

Tomás giró la mano varias veces con la palma hacia arriba para que continuara. *¿Por qué no?* se preguntó. Después de todo no podían entender ni una palabra de loque estaba diciendo.

—Me dejó por un sueño. Un maldito sueño —suspiró Mateo, y Pedro hizo lo mismo.

Tomás inclinó la cabeza sobre la barra del bar y miró a Mateao arqueando las cejas. Con dos dedos, empujó su vaso de cerveza por la barra hasta que descansó frente a Mateo.

—¿Y saben qué? —continuó, y agradeciendo a Tomás con un movimiento de cabeza mientras tomaba el contenido del vaso entre suspiros—, que no fue lo peor del asunto. Lo peor fue que yo tuve que hacer el ridículo ante ella al confesar cuántas veces había pensado en ella durante los últimos siete años; cuánta confianza ciega le había tenido —y cuanta le tenía aún—. ¿Por qué no te pones un maldito letrero en la frente, Esquivel? —murmuró para sí mismo, mientras abría y cerraba los dedos cerca de las sienes para imitar el destello de un a luz de neón—. ¡Qué imbécil fui!

Mateo rodeó al vaso con las manos y lo giró lentamente, absorto en sus pensamientos. No sabía si arrepentirse de todo lo que le había revelado a Isabela respecto a la muerte de su madre, o si sentirse aliviado de que por fin había podido compartir el peso que cargaba con alguien. Lo que no quería que supiera, era que la mujer que sin lugar a dudas había matado a Joana Esquivel era nada menos que Adriana Quinn, la misma que había aportado los fondos para esta excavación.

Conociendo a Isabela como él la conocía, sabía que detendría en seco la excavación en cuanto se enterara de que Adriana era la mujer responsable de la muerte de Joana. Y también estaba convencido de que no podían dejar esa zona arqueológica sin haber encontrado a la Dama Roja. Si se retiraban ahora para intentar encontrar fondos equivalente a los que había aportado la Fundación Quinn, tardarían meses en poder regresar a Copán. Y por supuesto que no había garantía alguna de que alguien más estuviera dispuesto a aportar los fondos necesarios, porque él, por razones de seguridad, se negaba a mostrar las pruebas de su madre sobre la existencia de la Dama Roja a nadie más que no fuera Isabela.

Si se retiraban ahora, quién sabe qué encontrarían a su regreso. No había garantía alguna que otro grupo de arqueólogos no tomara su lugar en el territorio que Isabela había marcado como suyo. El dinero de Adriana pesaba mucho más que una mera cortesía profesional.

Retirarse ahora también aniquilaría a Isabela, le recordaba una vocecita en el fondo de su conciencia. Se había enterado por algunos de los simpatizantes que ella tenía en el departamento de Lafayette de lo mucho que había trabajado para conseguir los fondos, de cuántas noches había pasado en vela al preparar y revisar sus propuestas para Lafayette y para todas las fundaciones a las que les había solicitado fondos. Le dolería demasiado tener que volver a empezar, y podría hasta costarle el trabajo. Aunque no quisiera reconocer que le importaba después de tanto tiempo, era la verdad.

Tenía que mantener a Isabela felizmente ignorante de los hechos. Tenían que encontrar a la Dama Roja, en nombre de su madre. Y por Isabela.

Mateo gimió y puso la cabeza entre sus manos mientras miraba fijamente la superficie rayada de caoba de la barra. Era obvio que el tequila hondureño era más fuerte que el tequila de los Estados Unidos.

Escuchó cuando se acercó el cantinero, y luego vio las enormes manos del hombre mientras secaba un vaso recién lavado.

—¡Mujeres! —exclamó el hombre con aire de conocedor, al colocar otra cerveza frente a Mateo. Mujeres.

—Así es —respondieron Pedro y Tomás, al alzar sus vasos con Mateo—. ¡Mujeres!

—Oye, Mateo —dijo Tomás comenzando un largo relato con lujo de detalles, inflexiones dramáticas de la voz y muecas expresivas. Con cada pausa a lo largo de la historia de Tomás, los hombres brindaban de nuevo. Al contar los detalles del desplante de una mala mujer, varios hombres de otras mesas se unieron al grupo, y todos brindaron con ellos al final del relato.

—¡Mujeres! —concluyó con una mueca.

Luego siguió la tanda de historietas otro hombre con tez bronceada y arrugada que estaba sentado en el otro extremo de la barra. También él había sido engañado; no por una, sino varias mujeres del pueblo. Al terminar su relato giró las palmas hacia el cielo y agachó la cabeza hacia el hombro de un compañero, quebrándose en llanto. Varios compañeros se acercaron al hombre para darle palmadas en la espalda, diciendo: *¡mujeres!* una y otra vez.

Mateo terminó su tercera cerveza mientras otro hombre contaba su triste historia, y se sintió de repente como si se hubiera metido en algún grupo de apoyo emocional. Lo más extraño era que empezaba a sentirse unido al grupo de desconocidos. Definitivamente era un momento significativo. Colocó su vaso vacío sobre la barra, y el cantinero lo volvió a llenar.

Bueno, si su vaso iba a seguir lleno, entonces igual tenían que estar los vasos de los demás. Era lo menos que podía hacer por los hermanos.

—¡Una ronda de cerveza para todos! —gritó.

Todos se sonrieron entre sí y alzaron sus vasos para brindar a la generosidad de Mateo. Tomás y Pedro le dieron varias palmadas en la espalda, como si hubiera logrado el gol final de la Copa Mundial. La sensación le resultó agradable.

Pronto Mateo se encontró nuevamente desembuchando sus penas... esta vez a todos sus compañeros. Les contó todo lo referente a Isabela y su pasado con

ella; cómo había extrañado su sonrisa, su cabello despeinado; cómo siempre sabía ella leer los pensamientos
de él sin que tuviera que pronunciar palabra alguna. Al
fin y al cabo se dio cuenta de lo que hacía, y se detuvo
por sentirse vulnerable aunque no hubiera mencionado
su nombre. Todos lo miraron durante un momento sin
expresión hasta que un campesino de sombrero ladeado
señaló a Mateo y asintió con la cabeza: ¡Mujeres! —
dijo.

—¡Mujeres! —dijeron todos en unísono.

Al pagar su cuenta Mateo, le dio las gracias al cantinero y a sus compañeros. Ni siquiera se fijó en el cuerpo
que se había deslizado furtivamente en la oscuridad de la
noche.

—¡ME VOY A MORIR!

Isabela se paró en seco al escuchar el grito de su hermana que hacía eco por todo el campamento, acompañado por los ladridos agudos de Hermoso y gran bullicio
por parte de su equipo de trabajo al salir de sus tiendas
de campaña para ver lo que sucedía. Isabela se echó a
correr por el sendero hacia donde se oía el bullicio. Ni
siquiera Flor gritaría así si no fuera por algo.

Con un nudo en la garganta, se abrió camino entre la
muchedumbre que se había juntado afuera de una de las
tiendas de campaña.

—¿Flor? —llamó, asomándose por la cortina de la
tienda de campaña.

Rápidamente revisó el interior y suspiró aliviada al
descubrir que su hermana se encontraba sana y salva.
Flor, todavía vestida con un a piyama de seda color azul
cielo, estaba parada encima del asiento de una silla de

respaldo alto. Bajo el brazo sostenía a su perrito y tenía la cara lívida por la emoción.

Isabela observó cuando un tarro plateado rodó por debajo de una de las camas, que había sido tendida con una manta delgada y las sábanas de algodón de Flor. Aparentemente, antes del ataque de histeria, Flor se había metido en la otra cama, porque las sábanas y cobijas estaban revueltas como si hubiera pasado un tornado por la cama.

—¿Flor, qué pasó? —preguntó Isabela entrando en la tienda de campaña. Sólo entonces se fijó en su gran libro de *La Historia Maya,* encuadernado con piel roja, que estaba tirado en el centro del suelo entre los rizadores rosados de Flor.

—Había un...alacrán... en mi cama —dijo Flor. Todavía sostenía en la mano el rizador cerca del oído. Hermoso ladraba y pataleaba en el aire.

—Ay, Dios mío —exclamó Isabela, dando dos pasos veloces para brincar encima de su catre. Tanto ella como Flor *detestaban* los alacranes.

—¿Qué sucede, doctora Santana? —gritó uno de sus estudiantes desde afuera.

—¡Nada! ¡Estamos bien! —contestó Isabela, pues no quería que las vieran con ese pánico—. No pasa nada. Por favor, regresen a sus tiendas.

—Genial —murmuró Flor—. Son nuestra única esperanza para acabar con esta pesadilla y mandas a todos a sus tiendas en lugar de llamarlos para que vengan a salvarnos —bajó el rizador y apoyó sus dos manos sobre las caderas—. Sabes qué, a veces no te vendría mal dejar de lado tu maldito orgullo. No tiene nada de malo que alguien te ayude.

—Muchas gracias doctora Freud —murmuró Isabela

mientras revisaba cuidadosamente su cama en busca de escorpiones— ¿Dónde viste la cosa esta?

—Abajo de tu libro de historia maya. Discúlpame que tuve que tirarle tu libro encima, pero era lo único pesado que tenía a mano.

—Sí. Por lo visto ni tus rizadores ni tu taza de café funcionaron —Isabela se acercó al borde del catre y observó el libro que parecía yacer inocentemente en el suelo—. ¿Crees que está muerto?

—No lo sé. Estaba en mi cama —un tono de histeria invadió la voz de Flor y se le cayó el rizador al abrazar más fuertemente al perro contra su pecho. Hermoso dejó de moverse y lamió a su ama por debajo del mentón—. Me metí en la cama y sentí algo que se me trepaba al pie. Yo misma hice la cama, y las sábanas estaban tan ajustadas que no podrían haber entrado ni un alfiler. ¿Cómo se pudo haber metido un alacrán?

Isabela abrió la boca para contestar, pero se detuvo al ver que se abría la cortina de la tienda de campaña. Las dos mujeres gritaron cuando se asomó la cabeza de Mateo en su tienda, y el pulso de Isabela se negaba a calmarse aún después de su sorpresa inicial. No esperaba verlo tan pronto.

—Hola a las dos.

Isabela se cruzó de brazos para darle la impresión de que ella y Flor se paraban encima de los muebles porque sí.

—Bueno pues, ¿se divirtieron tú y los muchachos en su borrachera?

Mateó sonrió y pasó por alto el comentario de Flor.

—¿Qué es lo que sucede, Flor? —preguntó, y frunció el entrecejo preocupado.

—Nada que no podamos arreglar solas —interrumpió

Isabela, cada vez más enojada ante la indiferencia que él le demostraba. Ella misma aplastaría al maldito alacrán con sus propias manos, al igual como a cualquier otro que se atrevía a entrar a su tienda de campaña—. Todo está bien. Buenas noches, doctor Esquivel.

—¡No es cierto que todo esté bien! —lloriqueó Flor, sacudiendo una mano con gesto desesperado—. Había un alacrán en mi cama, y le tiré un libro encima, y es que Isabela y yo detestamos los alacranes, de verdad que los detestamos, así que no queremos levantar al libro por si no está muerto.

Isabela le echó una mirada furiosa a su hermana.

—Gracias por tu bonito reporte, Flor.

Flor dejó de temblar y le echó una mirada odiosa a Isabela.

—Bueno, pues no tenías ninguna prisa en revisar la tienda de campaña.

Mateo entró, y enfocó la luz de su linterna por debajo de los muebles buscando algún posible alacrán escondido. Era obvio que estaba evitando a propósito un intercambio de miradas con Isabela. Bueno, se suponía que ella se merecía que no le hiciera caso, pero no por eso dejó de dolerle.

Isabela brincó de la cama y puso un pie suavemente sobre el libro de La Historia Maya y luego el otro.

—¡Ayyyyyy! —dijeron ella y Flor al mismo tiempo al escuchar un crujido.

—¿Flor? ¿Tendiste tu cama igual que la de Isabela? —señaló los precisos dobleces de las esquinas, que mantenían las sábanas ajustadas como cama de hospital.

—Pues sí, yo tendí a las dos camas igual —contestó Flor, todavía parada encima de su silla. Isabela sabía que no bajaría hasta dentro de varios minutos.

—Isabela, ven conmigo por un momento —dijo Mateo, al salir por la cortina de la tienda de campaña.

Después de volver a revisar a la cama de Flor y rogarle que bajara de la silla, Isabela lo siguió.

—¿Qué sucede? Era un simple alacrán. Les gusta meterse en lugares oscuros —a pesar de la valentía que mostraban sus palabras, se estremeció al pensar en lo que pudo haber sucedido si esa criatura venenosa hubiera picado a su hermana.

Mateo la tomó por el brazo y la condujo más allá de la fila de tiendas de campaña, con una expresión furiosa en la cara, iluminada por una fogata cercana. Ella se dio cuenta de que había dejado su linterna al encontrarse repentinamente sumidos en la más completa oscuridad.

—Isabela, lo más probable es que Flor acabara de tender esa cama con las sábanas que trajo de casa. Tú misma viste cuán apretada estaba. ¿Cómo pudo haberse metido un alacrán?

Isabela sintió cómo se le erizaban los vellos en la nuca.

—¿Qué quieres decir con todo esto, Mateo? ¿De verdad crees que alguien haya puesto esa cosa en la cama?

—No estoy seguro —Mateo se pasó los dedos por el cabello, quedándole todas las puntas para arriba; ese gesto siempre había enternecido a Isabela—. Primero el incendio, y ahora esto.

—Ay, no exageres —la risa de Isabela sonó brusca y poco convincente aun en sus propios oídos—. Ese incendio sucedió en casa. No hay manera de ligarlo con la cama de Flor en este lugar —se apoderó de ella la sensación de que Mateo pudiera tener razón y sus palabras perdieron su fuerza. Isabela se preguntó cómo podría convencer a Flor de que mejor se regresara a su casa en Nueva Orleans.

Mateo se acercó más a ella, para impedir que siguiera dándole vueltas a esos pensamientos y la tomó por los hombros.

—Isabela, no me importa si crees que tiene sentido lo que digo o no. Nada más pido que tengas mucho cuidado.

Ella tragó en seco.

—Te lo prometo.

Entonces él la atrajo contra su cuerpo, y ella alzó los brazos para rodearle el cuello, sintiendo su pulso fuerte a través de su brazo. Estirando su cuerpo contra el suyo, lo sintió sólido y cálido, deleitándose con la sensación de su fuerte masculinidad. Su propio pulso se aceleró al sentir que las manos de él recorrían su espalda.

El abrazo terminó igual quel como había comenzado. Él la apartó de él y empezó a retirarse, y ella se sintió vacía por dentro.

—Cuídate —dijo él repentinamente.

Isabela se dio media vuelta y se apresuró a regresar con Flor. Alzó un puño a la boca para sofocar un sollozo cuando sintió que la sensación de miedo empezaba a apoderarse de todo su ser.

Capítulo Siete

Durante las tres semanas siguientes trabajaron sin problema alguno. El equipo ya había montado la excavación exactamente donde Isabela había planeado... en una sección de la zona arqueológica que estaba cerrada al turismo, al sureste de la acrópolis.

Y en este día, como todos los anteriores desde su llegada a Copán, mientras todos los demás tomaban su descanso de mediodía para comer bajo el toldo que hacía las veces de comedor, Isabela se sentaba frente a una mesa de juego tambaleante, detrás de un grupo de árboles, para catalogar las piezas que había encontrado su equipo de trabajo. Comía sola mientras trabajaba, comunicándose con los muertos a través de objetos sumamente cotidianos. Isabela podría haber dejado esa tarea para alguno de sus estudiantes, pero disfrutaba de ese momento de soledad que consistía en examinar cacharros rotos, fragmentos de hueso, cuentas y herramientos que no veían la luz del día desde hacía por lo menos mil doscientos años.

Sólo contaba con el descanso del mediodía y luego con aproximadamente otra hora para terminar esa tarea por la tarde. Tan pronto como se ponía el sol detrás de las montañas, ella, Flor, Mateo, Pedro y Tomás se diri-

gían en secreto todos los días a la cámara superior del
Templo 10 para buscar la puerta interior... la que los llevaría a la tumba de la Dama Roja.

La noche después del incidente del alacrán, se habían
trepado a las cuevas del bosque, guiados por Mateo. En
una cueva escondida, a escasos treinta metros de la zona
en la que ella había trabajado durante las tres últimas
temporadas de sequía, Isabela se hincó sobre el piso de
tierra dura y fría para encontrarse ahí mismo con una fila
de bloques de piedra que tenían todos sus sueños talla-
dos en ellos.

El peldaño, despojado cientos de años antes de la Escalera de los Jeroglíficos, yacía perfectamente intacto,
con las capas de tierra cuidadosamente cepilladas por
Joana Esquivel siete años antes. Aunque sin la referencia
de sus textos no supiera traducir fácilmente los jeroglíficos mayas que cubrían todos los lados, Isabela sabía lo
suficiente como para poder reconocer los símbolos que
significaban *Jaguar de Humo Rojo*. . . el nombre de la
reina que sólo había sobrevivido a través de los mitos y
leyendas como *La Dama Roja*.

Pedro había pasado la mayor parte de la tarde dibu-
jando los jeroglíficos que se encontraban sobre los bloques de piedra para que pudieran analizarlos sin tener
que estar en la cueva. Con el acuerdo tácito de que el
peldaño se quedaría en el sitio, Isabela y Mateo desliza-
ban los dedos sobre los ásperos bordes en silenciosa ad-
miración. De mala gana ella tuvo que confesarse a sí
misma que Mateo era mucho mejor epigrafista que ella.
Isabela todavía sentía escalofríos a lo largo de su co-
lumna vertebral cada vez que recordaba su voz suave tra-
duciendo los antiguos códigos mientras los tocaba.

Desde su nacimiento hasta su muerte y ascensión

hacia el reino de los cielos, la historia íntegra de la reina maya se encontraba ahí. Mateo no había logrado traducir todo el peldaño, pero había traducido lo suficiente.

Había existido.

Y con esa sola verdad, todos los sueños de Isabela se habían hecho realidad, como se abrían plenas las flores tropicales bajo el sol hondureño. Su seguridad como catedrática. Su credibilidad. La prueba misma de que Rafael y Dolores Santana no habían cometido un terrible error al aceptar en su hogar y en sus vidas a la hija de Inés Santana. La sangre llama, habían dicho sus tías.

Bueno, pues no esta vez.

El peldaño probaba mucho más que la mera existencia de la Dama Roja. Confirmaba también el Templo 10 como el lugar de su entierro. Mateo le había advertido a Isabela que no divulgara nada al equipo de excavación, porque estaba preocupado por la mujer que había matado a su madre. Por respeto tanto de su dolor como del pasado que los unía, Isabela había accedido a investigar el templo de noche sólo con Mateo, su hermana y sus dos colegas de más confianza para ayudarlos. En cuanto encontraran la entrada a la tumba y pusieran a salvo las piezas que se encontraban en su interior, darían parte inmediatamente al gobierno hondureño y al resto del equipo de apoyo al mismo tiempo.

Isabela acariciaba los bordes de un fragmento de vasija, girándolo para examinar los restos de una pintura color tierra que aún estaba adherida al exterior de la pieza curva. Aunque reconociera que soñar despierta sólo la hacía demorarse más en la tarea, no pudo evitar recordar aquella noche en la que Mateo la había abrazado después de que Flor descubriera el alacrán en su tienda de campaña. Tras colocar cuidadosamente el fragmento de vasija sobre la bandeja que tenía frente a ella, Isabela apoyó la cabeza sobre la palma de su mano. Estaba a punto de realizar el descubrimiento más importante de su carrera profesional... que le garantizaría su lugar no sólo en el plantel docente de la Universidad de Lafayette, sino en cualquier otro sitio del país que ella eligiera. Todo lo que había anhelado desde que eligió dedicarse a la arqueología maya, y que tanto trabajo le había costado, ya estaba a su alcance. ¿Entonces por qué estaba tentada de olvidarlo todo con tal de volver a sentirse abrazada entre los brazos de Mateo? Aunque fuera sólo por una vez más.

Mateo metió su cuaderno bajo el brazo, los ojos entornados por el fuerte sol de la tarde. Como siempre, Isabela había desaparecido a la hora de comer, lo que hasta ahora le había convenido, ya que había hecho todo lo posible para no estar a solas con ella durante las últimas tres semanas. A pesar de la humillación de sentirse traicionado por tantos sentimientos que deberían haber muerto hacía muchos años, nada importaba frente a la urgencia de verla en ese momento.

Con paso decidido, caminó hacia donde estaba Flor, hincada entre dos filas de soga con una brocha en la mano, cepillando cuidadosamente la tierra frente a ella. Hermoso estaba sentado a su lado y masticaba un trozo de cuero crudo a la sombra del Monte Misterioso; llamado así porque el contenido de los escombros reunidos ahí era todo un misterio para todos. Para sorpresa de todos, Flor se había adaptado a la arqueología como pez al agua, y muchas veces seguía trabajando durante la primera mitad de la hora de comer, en espera de encontrar otra pequeña pieza más para agregarla a su colección.

—Hola, Flor —se quitó sus gafas de sol y las metió en el cuello de su camiseta color verde oscuro.

—Hola, Rata —contestó ella con una sonrisa traviesa, poniéndose en cuclillas. Se limpió las manos sobre su short caqui, manchando de tierra la etiqueta *Banana Republic* que adornaba uno de los bolsillos.

Él hizo una mueca de disgusto al escuchar su apodo.

—Eso me duele, Flor. Te he tratado con toda amabilidad desde que llegamos aquí.

Ella bajó sus Rayban y lo miró por encima del armazón.

—¿Así que *Hola Flor* es lo que tú consideras el máximo de tu amabilidad?

—Bueno, pues, tienes razón. Pero tenía derecho a intentarlo, ¿no?

—No con esta familia. Ya lo intentaste. Y fallaste miserablemente en el intento, además —Flor empujó sus Rayban hacia su nariz y levantó de nuevo su brocha. Después de unas barridas rápidas a la tierra polvorienta, arrugó la nariz y cambió la brocha por una pala.

Mateo se hincó junto a ella, y ella cambió de posición de manera que él le hablaba al hombro en lugar de mirarla a la cara.

—Flor, ¿jamás se te ha ocurrido que Isabela no fue la única que se marchó de San Luis con...? —pateó una pequeña piedra mientras buscaba las palabras apropiadas— ¿... cargándose algo?

Flor se giró de nuevo para hablarle cara a cara, y se quitó las gafas con un gesto que le recordó un poco a Isabela.

—Si la vuelves a lastimar, te voy a sacar los ojos con esta cosa puntiaguda —sacudió la herramienta frente a él, y sus ojos casi echaban chispas.

—Es una pala —dijo él suavemente.

—Lo que sea —volvió a comenzar la limpieza de la mancha de tierra, quitando cuidadosamente la suciedad de un pequeño objeto redondo. Al darse cuenta de que sólo se trataba de una piedra, murmuró una grosería en voz baja y enterró la pala en la tierra para aflojarla.

—Mira, es que necesito hablar con ella —Mateo tamborileó sus dedos sobre la tapa de su cuaderno sin poder ocultar su impaciencia—. Hay algo que tengo que enseñarle. Es importante.

Flor hizo todo un gesto de no hacerle caso.

Mateo se puso de pie, y miró en dirección del Templo 10 detrás de ellos. Unas cuantas estelas de piedra estaba desparramadas por el sendero cubierto de hierba entre el lugar donde estaba parado él y el sitio donde yacía la Dama Roja, donde empezaba la selva. Cada tanto, la Sociedad Arqueológica Hondureña solía podar el gran amasijo de ramas, helechos y árboles, impidiendo así que la selva avanzara, de tal manera de poder mantener la ciudad que la selva se había tragado desde el colapso del Imperio Maya hasta el redescubrimiento de Copán en 1891. Podría intentarlo cuantas veces quisiera; él no estaba dispuesto a permitir que la naturaleza se tragara a la Dama Roja antes de que él tuviera la oportunidad de presentársela al mundo.

Se peinó con los dedos.

—Escúchame —le hablaba a la cabeza de Flor—. Tengo que... no; me urge hablar con Isabela —Mateo metió las manos dentro de los bolsillos de su gastado y polvoriento pantalón de jean. Volvió a agacharse delante de Flor y la miró directamente a los ojos—. Te juro que no quise lastimarla en San Luis. Y no la voy a lastimar ahora.

Con triste satisfacción, miró cómo Flor se quedaba con la boca abierta, para luego cerrarla con una mueca seria.

—Mateo...

Éste vio una oportunidad y la aprovechó.

—Ayúdame a encontrarla, Flor.

Ella colocó su pala suavemente en el suelo, y luego se paró saltando por encima de las cuerdas que marcaban los límites de la excavación, y se agachó para levantar a su perrito.

—Vamos. Te voy a llevar con ella.

—Hola, profesora.

Isabela se estremeció ante la sorpresa del saludo de Mateo.

—Hola, doctor Esquivel —levantó la mirada y luego se concentró de nuevo en su trabajo. En el mejor de los casos, se podía decir que la relación entre ellos era tensa desde la noche en que él le había contado las circunstancias de la muerte de su madre. Aunque ella no pudiera culpar a Mateo por su comportamiento, pues siempre era educado y le daba la razón en la mayoría de sus juicios y decisiones, en las últimas tres semanas había reinado una frialdad entre ellos como nunca antes. Ya no la llamaba *Indiana* como antes; siempre le decía *profesora* o aun más formalmente: *doctora Santana*.

Ya la empezaba a desquiciar.

Aún peor era la espontánea camaradería de la que disfrutaban Mateo, Pedro y Tomás. Ella había trabajado con los dos arqueólogos hondureños durante tres años y seguían refiriéndose a ella como *la profesora*. Y para completar, el resto del equipo del Instituto Hondureño le decía *la gringuita*. No sabía cuál de los dos nominativos le resultaba más desagradable. Aunque *profesora* era aparentemente nombre más respetuoso que *la gringuita*, siempre la hacía sentirse como si fuera una extraña y marginada de los demás. Y peor aún, Mateo parecía haber adoptado a todos y cada uno de los integrantes del equipo como su nuevo y mejor amigo. Jamás le decían *el gringo*, por mal que hablara el idioma.

—No le digas así, Rata.

Isabela levantó la mirada al escuchar la voz de su hermana. Genial. El nuevo apodo favorito de Flor para Mateo no haría nada para limar las asperezas entre ellos. Sin embargo, Mateo no pareció hacerle el menor caso y se sentó a la mesa de Isabela, enfrente de ella.

—Toma, Flor, ten esta bonita herramienta de hueso —ofreció Isabela mientras extendía la mano con un puntiagudo objeto que parecía una aguja para que su hermana lo examinara.

—Qué interesante. No he encontrado ninguno de estos —respondió Flor, inclinándose para examinar el objeto—. ¿Para qué usaban esto? ¿Para extraer el cerebro de la gente por los agujeros de la nariz?

—No —contestó Isabela—. Estás pensando en los egipcios. En realidad, los mayas lo usaban para sus ceremonias de sacrificios de sangre —distraídamente rodó la delgada aguja de hueso afilado entre sus dedos.

—¿Sacrificios de sangre? —Flor arrugó la nariz—. ¡Qué horror! Eso pasa en las sociedades gobernadas por hombres.

Isabela le sonrió.

—Cuando los mayas tenían urgencia de comunicarse con los dioses; por ejemplo, cuando un nuevo rey ascendía al trono y quería consejos, el rey tenía que entrar en el templo de sacrificio. Debía ofrecer su propia sangre a los dioses, juntando las gotas en unos pedazos de papel que luego quemaría —explicó haciendo como si pinchara el aire con la aguja de hueso—. Algunos dicen que recibía mensajes por medio del humo. Otros dicen que cuando se había desangrado suficientemente, empezaba a alucinar. De cualquier modo, era así como lo visitaban las visiones de las serpientes para darle los mensajes de los dioses.

Flor y Hermoso inclinaron de lado las cabezas al mismo tiempo, y miraron la aguja de hueso. Flor extendió la mano para tocar la punta puntiaguda con la yema de un dedo. Rápidamente retiró la mano como si la aguja le quemara.

—¿En qué parte se picaba el rey? ¿En el ojo?

Isabela sostuvo la aguja al nivel de los ojos, y la miró durante un momento, esperando que todo aquello divirtiera a Mateo.

—No. En el prepucio —ella y Flor se giraron para mirar a Mateo.

Él tragó en seco, y se apresuró a levantarse de la mesa con gran gracia atlética.

—Así que mejor me das la aguja, como una buena niña —dijo mientras tomaba suavemente la aguja de la mano de Isabela para colocarla sobre la mesa. Luego distrajo su atención moviendo uno de los cuadernos gruesos de Pedro—. Quiero que le eches un vistazo a esto.

Curiosa, Isabela lo observó mientras Mateo hojeaba el cuaderno, cuyas páginas contenían los detallados dibujos del peldaño de la Dama Roja. Cuando encontró el dibujo que buscaba, Mateo acercó el cuaderno a su pecho, y sus ojos azules brillaron con un ardor endemoniado. Isabela pudo palpar la emoción y la expectativa que reinaba en el aire. Empujó su silla hacia atrás y se levantó.

—¿Qué es, Teo?

—Me encontré con tu abuela en la calle ayer. Me dijo que te recordara respecto a una leyenda que habla de un guacamayo rojo. ¿Te suena familiar?

Isabela se mordió el labio.

—Sí. Es una de las más antiguas leyendas de la zona que me parece que guarda alguna relación con la Dama Roja.

Los dedos de Mateo tamborilearon con energía nerviosa sobre la tapa del cuaderno abierto que sostenía en sus manos.

—Exactamente. La leyenda dice que después de su muerte, se convirtió en una guacamaya escarlata y voló por la ciudad antes de ascender al cielo, ¿correcto?

Isabela levantó una pequeña lagartija que se había subido al cuaderno de Pedro. Tomándola con el pulgar y el índice, la colocó suavemente en el suelo, preguntándose adónde pensaba llegar Mateo con su historia de la guacamaya.

—Sí. ¿Eso te contó la abuelita Lupe?

Mateo hizo un gesto con el lado izquierdo de su boca, en una especie de sonrisa.

—La ayudé a llevar las compras a su casa. Le gusta charlar. Así que piensa, Isabela. ¿En dónde has visto antes esa imagen en la ciudad?

Ella pensó durante un momento.

—Bueno, pues en varios sitios. Las guacamayas son figuras importantes en la mitología maya, así que es obvio que debería haber muchas imágenes de ellas por todas partes... —de repente, se dio cuenta de lo que estaba hablando Mateo, y chasqueó los dedos mirándolo detenidamente—. ¡En la cámara superior del Templo 10!

—Exactamente. Y en otro lugar, también —Mateo

colocó el cuaderno sobre la mesa con un golpe seco, con las páginas abiertas para enseñarle los dibujos de los últimos dos bloques del peldaño de la Dama Roja. Un bloque tenía la última parte de la fecha de su muerte... y la otra, ésta que ves aquí —dijo Mateo señalando una misteriosa serie de jeroglíficos que Isabela no podía descifrar de inmediato—, se traduce en: *debajo de la guacamaya roja.*

—Ay Dios, ¡por supuesto! La guacamaya era símbolo de la vanidad y de la arrogancia para los mayas. Por supuesto que la habrían asociado con una reina altanera —Isabela casi tiró la mesa por su prisa de darle la vuelta—. Mateo, ¿realmente piensas que la entrada que tanto hemos buscado está debajo de la guacamaya de piedra en el templo?

La sonrisa de Mateo fue su respuesta y fue tan brillante y llena de alegría que Isabela tuvo que detenerse para no abrazarlo por la emoción.

—Estoy seguro, Indiana.

Al escuchar su viejo apodo, lo tomó por los brazos, y refugió en ellos, estallando en una carcajada.

—¡Madre de Dios; no puedo creer que nos esté sucediendo esto!—le rodeó el cuello con los brazos y la hizo girar en círculos sin esfuerzo y como si ella fuera tan ligera como el aire.

—Te sucede a ti, Isabela —Mateo la apoyó nuevamente en el suelo y mantuvo las manos en su cintura. Su expresión volvió a hacerse seria—. Todo esto es el resultado de tu trabajo. Cómo tú dijiste, yo nada más vengo a acompañarte.

Ella sacudió la cabeza.

—No —dijo suavemente—. No podría haberlo logrado sin ti —miró hacia abajo mientras la mano bronceada de él le envolvía la suya, más pequeña y más morena, y sus dedos se entrelazaron como si lo hubieran estado siempre.

—Bueno, pues vamos. Flor —dijo, girándose en dirección a Flor, que había estado observándolos en silencio, sentada en la silla que antes había ocupado Isabela—. Dile al resto del equipo que tomamos la tarde libre. Y diles a Tomás y Pedro que nos alcancen en la cámara superior del Templo 10 después de la cena. Tenemos que encontrar a la reina maya.

Capítulo Ocho

Aún aferrada a la mano de Mateo, Isabela subió la escalinata restaurada del Templo 10. En comparación con otros edificios mayas, el Templo 10 era pequeño, pero las inscripciones de su cámara superior habían entusiasmado tanto al plantel docente de Lafayette y a sus benefactores, que éstos siguieron proporcionando fondos para las excavaciones de Isabela.

A pesar de que su equipo había trabajado durante tres largos años para restaurar la edificación y recuperar casi su tamaño original, ya comenzaban de nuevo a crecer largas enredaderas de hiedra, helechos y arbolitos sobre las terrazas escalonadas. La selva consumía todo lo que encontraba en su camino, y era una batalla constante mantener la zona relativamente despejada. El simple hecho de que el templo no hubiera sido cubierto por la selva durante la temporada de lluvias mientras ella estaba en Nueva Orleans era fiel testimonio de los esfuerzos de Pedro, Tomás y del Instituto Hondureño.

—Has hecho un buen trabajo aquí —dijo Mateo cuando franquearon la entrada del templo. Al entrar en la recámara, ya no se escuchaban los ruidos de la selva, y eso hacía que Isabela se sintiera transportada en el tiempo, imaginándose a un caballero maya que en cualquier momento se les aparecería desde la sombra de cualquier rincón.

La parte delantera del templo estaba abierta, con dos enormes pilares que servían de soporte para el techo ornado con talladuras. Tenía muros que encerraban los tres lados restantes, y un altar de piedra cubría todo el muro norte. A través de un pequeño orificio justo arriba del altar, Isabela podía ver el grupo de edificaciones y templos que constituían la acrópolis. El muro posterior estaba decorado con una variedad de figuras talladas de piedra que representaban guerreros, animales y dioses, formando bajorrelieves en diferentes bloques de piedra.

Los ojos de Isabela examinaron el muro en busca de la guacamaya tallada, comenzando por el techo para deslizar luego la mirada por todo el muro hasta el suelo, cuando...

—Ay, Dios mío, ¿cómo pude ser tan estúpida? —exclamó conteniendo las ganas de golpearse la cabeza contra la pared. Se soltó de la mano de Mateo y desenganchó una pequeña lámpara negra de la trabilla del cinturón.

—¿Cómo? ¿Cómo pudiste ser tan estúpida respecto de qué? —Mateo se acercó para seguir el rayo de luz de la lámpara de Isabela, y se detuvo de repente al notar qué era lo que iluminaba—. Los muros.

Isabela dio un paso hacia adelante y se acuclilló, metiendo un dedo en un hoyo donde el piso de piedra se había separado de la pared.

—Sigue —susurró—. Los muros no terminan al nivel del piso. Siguen para abajo, y no lo vi nunca.

Mateo se puso de cuclillas al lado de ella, tomó la lámpara, e iluminó la grieta y todo el borde del piso.

—Indiana, tampoco se dio cuenta de esto antes. Los

mayas eran ingenieros brillantes; hubiera sido difícil que vieras algo así. Lo importante es que ahora lo has descubierto.

Isabela suspiró. Él tenía razón, por supuesto, pero ella no soportaba la idea de pensar cuánto trabajo le habría ahorrado al equipo, de haberse fijado antes en los muros.

—Yo pensé que el Templo 10 era simplemente una edificación de menor importancia. Los mayas raras veces enterraban a sus muertos en los templos, menos a sus gobernantes —colocó las manos sobre la redondeada piedra grisácea y se puso de pie, trazando las imágenes con sus dedos—. Aquí —dijo cuando sus dedos encontraron una talla con un relieve más pronunciado que las demás. En unas cuantas horas, el sol brillaría, entraría por la abertura del lado occidental del templo, e iluminaría todas las imágenes sobre los muros. Sin embargo, en este momento, necesitaba la lámpara para verlas bien.

Mateo iluminó con un haz de luz el lugar exacto donde se encontraban sus manos, e Isabela vio que sostenía el pico de un papagayo de piedra muy enojado. La expresión de la imagen era tan viva que casi la asustó. El papagayo tenía ojos grandes y anchos y su pico estaba abierto como si gritara furiosamente. Sus alas expandidas estaban talladas sobre el mismo muro, pero la cabeza estaba tallada en una piedra distinta para que sobresaliera del cuerpo.

—Es estupendo —dijo con un suspiro.

—Sí... lo es —dijo Mateo en voz baja.

Ella echó una mirada por sobre su hombro y vio que Mateo se había parado y ahora estaba mirando el papagayo. Ella le quitó la lámpara y enfocó la luz hacia el piso directamente abajo de la guacamaya, siguiendo las indicaciones talladas en el peldaño de la Dama Roja.

—Por supuesto —murmuró al mirar lo que yacía por debajo del pájaro de piedra—. Y yo pensé que esos eran meramente decorativos.

Mateo dio un paso hacia atrás para examinar el objeto de referencia.

—¿Esos tres agujeritos?

—Seis —Isabela movió la mano con un golpe de muñeca para que el rayo de luz de la lámpara iluminara el otro extremo de la loza del piso. En ese preciso momento, el sol de la tarde bajó lo suficiente como para pasar por la entrada del templo, e iluminó el interior de la cámara. Ella apagó la lámpara y la volvió a enganchar en la trabilla de su cinturón—. Hay seis hoyos.

Isabela se puso de cuclillas en el suelo y metió tres dedos de cada mano en los agujeros correspondientes, a cada lado de la loza de piedra.

—Son para levantarla.

Después de tirar y levantarla un poco, logró sacar la loza y la colocó a un lado. La loza era sólo de unos treinta y cinco centímetros... no lo suficiente para que pudiera pasar nadie, pero Isabela se dio cuenta de que quitando una, se podían quitar las demás también.

Sin embargo, a ninguno de los dos se les ocurrió en ese momento hacer lo más lógico, que era levantar las demás. Porque ante ellos, visible por el pequeño orificio que Isabela había creado al quitar la loza, había una escalera en perfecto estado que se dirigía hacia abajo.

Miraron fijamente por la apertura, y los dos se quedaron sin habla durante varios minutos. A Isabela empezó a darle vueltas la cabeza cuando se dio cuenta de la magnitud de su descubrimiento. Había soñado con este momento durante tanto tiempo, pero en su imaginación, siempre había estado sola. Lo más extraño del caso era que aunque no quisiera admitirlo del todo, sentía muy natural tener a su lado a Mateo.

—Madre de Dios y de todos los santos —logró decir finalmente Isabela con una voz que a ella misma le parecía distante y extraña—, está ahí abajo.

Isabela miró a Mateo, que se limitó a tragar en seco y asentir con la cabeza, obviamente pasmado.

—¡Mateo! Está ahí abajo —extendió la mano y agarró su brazo—. Puede ser que tardemos cinco temporadas secas más para llegar hasta ella si está obstruido el camino, pero está ahí. La puedo sentir.

Mateo puso sus propias manos sobre los codos de Isabela, y la sostuvo mientras los dos se pusieron de pie. Sus ojos se veían enormes por la luz del sol poniente y parecía un poco aturdido. Entonces sacudió la cabeza y le sonrió tímidamente.

—Yo también la puedo sentir.

—¿Sí? —Isabela supo que lo miraba con una sonrisa idiota.

Él no respondió, pero su sonrisa se desvaneció bajar la vista para observar el rostro de ella con una expresión que ella no supo interpretar. El aire que circulaba alrededor de ellos se sentía cargado de energía, y de repente Isabela se sintió muy consciente de que estaban solos por primera vez en tres semanas. Lo único que sabía era que él la estaba tocando, y ella no quería que lo dejara de hacer.

—¿Teo? —susurró, pero los dos sabían y no sabían a la vez lo que realmente le estaba pidiendo.

—Dios, cuán hermosa eres —dijo él, antes de inclinar la cabeza y alcanzar sus labios.

Fue un beso que contenía todo el dolor de siete años, y su dulzura casi logró arrollar a Isabela. Había salido con unos cuantos hombres desde Mateo, pero ninguna palabra seductora de ningún pretendiente había ejercido jamás el poder de esa única frase de Mateo ni el efecto de un solo beso. Sus labios recorrieron suavemente los suyos, rozando su boca con la suavidad de una pluma, como si temiera perderse en ella si fuera a acercársele demasiado.

Ella rodeó su cuello con sus brazos; estaba convencida de que si soltaba de su abrazo, se fundiría de cuerpo entero para perderse en él para siempre. Enredando los dedos en el cabello de él, atrajo su cabeza hacia ella para profundizar el beso. Había pasado demasiado tiempo desde que...

—Me dijeron que estarían aquí... —la voz de Flor resonó en la cámara, pero Isabela estaba demasiado ensimismada con Mateo como para prestarle atención.

Sin embargo, Mateo no demoró en retirar las manos de Isabela de su cuello para alejarla de él suavemente. Ella se bajó al suelo y fingió concentrarse en la nueva apertura recién descubierta para que no se diera cuenta él de cuánto le dolía alejarse tan abruptamente de su cuerpo.

En el interior de la cámara se escuchó el ruido de piedras que se desmoronaban por la escalinata, e Isabela escuchó los jadeos de Flor al subir ésta por los últimos peldaños para franquaer la entrada.

—Encontré a Pedro y a Tomás. Vienen conmigo —Flor se asomó para observar a los dos arqueólogos que supuestamente la seguían—. Ahí vienen. ¡Si vieran en qué condiciones físicas se encuentran esos dos!

Mateo dio un paso hacia la orilla para mirar hacia abajo.

—¡Caramba! Quizás tengamos que enviar una camilla para subir a Pedro. Se ve muy mal.

Después de unos minutos, los dos hombres lograron subir hasta la cima, jadeando sofocadamente mientras se doblaban para apoyar las manos en las rodillas. Tomás tenía mejor aspecto que Pedro, cuyo rostro lucía un color decididamente rojizo. Isabela notó divertida que mientras Pedro y Tomás transpiraban profusamente por la humedad tropical, Flor se veía tan fresca como una lechuga, como toda una dama.

—¿Qué es lo que sucede? —preguntó Flor—. ¿Por qué está ese hoyo en el piso? —se agachó al lado de Isabela y miró por la apertura—. ¡Escaleras! Hay escaleras que bajan ahí. Ay, Isabela, ¿la hallaron?

Isabela se lanzó a explicarles a Flor, Pedro y Tomás, con lujo de detalles, lo más importante de su descubrimiento de la tarde. Los dos hombres le pidieron varias veces que iluminara el hoyo con la lámpara durante el curso de su relato, y ella tuvo que detenerse en varias ocasiones mientras expresaban a gritos su alegría. Al terminar su relato, ellos abrazaron a Mateo, tan fuerte que casi lo dejan sin aire. Entonces, uno de los largos brazos de Tomás salió del abrazo común para incluir a Flor en el círculo, y los cuatro brincaron como niños mientras Isabela sólo los observaba. Finalmente se desintegró el grupo, y Tomás se acercó a Isabela.

—Felicidades, profesora —le dijo extendiéndole la mano.

Aunque Tomás estrechara la mano de Isabela con las dos suyas efusivamente y con gran calidez, Isabela tuvo que preguntarse por qué había creado ese muro entre ella y sus dos colegas de mayor confianza. El hecho de que se sintieran más cómodos compartiendo su alegría con dos personas que acababan de conocer, en lugar de compartirla con alguien con quien habían trabajado durante tres años, la perturbaba mucho. Miró en dirección a Pedro, que estaba parado a poca distancia de ella. Él agitó la mano tímidamente, y la luz se reflejaba de sus anteojos redondos. Ella sacudió la cabeza ante lo absurdo de la situación, y movió ligeramente la mano en señal de respuesta.

—Vamos a mi casa esta noche para festejar —dijo Tomás, mirando directamente a Isabela—. ¿Vendrá usted?

—¿Por qué tengo la sensación de haber vivido esto antes? —murmuró Isabela.

—Vamos, Isabela —le dijo Pedro, y ella notó que su cara regordeta se veía menos rojiza que cuando acababa de subir a la cámara—. Se merece una noche de descanso.

Isabela parpadeó, sorprendida de que Pedro le hubiera dirigido tal cantidad de palabras no relacionadas con el trabajo en común.

—Pero alguien tiene que sacar fotografías de la apertura, y debo dar cuenta de todo esto en mi diario —protestó de manera automática, sin pensar antes de hablar.

—Allí estará —dijo Mateo, y su voz le provocó a Isabela un escalofrío que le recorrió toda la espalda—. Te lo puedo asegurar.

—Yo también te lo aseguro —dijo Flor cruzándose de brazos y mirando a Mateo extrañada.

—Está bien. Parece que allí estaré —asintió débilmente Isabela, preguntándose si sería buena idea dejar el templo sin seguridad durante toda una noche—. Pero mientras tanto, ¡manos a la obra!

Capítulo Nueve

Durante esa tarde hubo muchos descubrimientos asombrosos. Pedro y Tomás estaban sorprendidos de que alguien pudiera convencer a su estirada jefa de celebrar con ellos, en una velada de baile y copas; pero decidieron no cuestionar. Flor, por su parte, estaba asombrada de que su hermana tan testaruda le hiciera el menor caso a Mateo, La Rata. Por su parte, Mateo e Isabela estaban simplemente atónitos de pensar que un solo beso pudiera empañar el descubrimiento más importante de sus respectivas carreras.

Tomás tardó casi dos horas en crear un sistema rústico de poleas y palancas que pudiera ayudar a levantar las pesadas lozas de la entrada del pasaje, y tardaron otra hora para lograr terminar la tarea. Tomás insistió en bajar primero para examinar la construcción del pasaje y cerciorarse de que los techos no se derrumbarían encima de la primera persona que entrara a la tumba en mil doscientos años. Aquel momento a Isabela le pareció una eternidad. Cuando Tomás volvió a salir, le entregó a Isabela su lámpara más pesada.

—Vaya usted —le dijo—. La cámara es segura. Aquí la esperamos.

En silencio, Isabela aceptó la lámpara, y sintió su peso

en la mano. Se apoderó de ella una sensación de reverencia; y se sentía poca merecedora del honor. Se preguntó si Carter se había sentido igual cuando descubrió la tumba de Tutankamon, o si John Lloyd Stephens había experimentado estas mismas emociones cuando había descubierto Copán por mero accidente en 1839. La Dama Roja había estado descansando en su cripta oculta durante mil doscientos años; ¿quién era ella para molestarla?

Isabela sintió que un brazo le rodeaba los hombros, y se distrajo del flujo de sus pensamientos. Parpadeó al darse cuenta de que se trataba de Tomás.

—Está bien, profesora —le dijo el ingeniero—. Ya recé por usted. Ella entiende.

Estaba tan conmovida que prácticamente no podía ni hablar: Tomás había captado tácitamente su vacilación. Isabela extendió la mano impulsivamente para abrazar al mayor de los dos hombres.

—Gracias —susurró, tanto por su oración como por su comprensión de mi necesidad de bajar sola—. Y llámeme Isabela —dijo avergonzada por su muestra de emoción. Se alejó sin mirar a ninguno de ellos y rápidamente descendió por las escaleras para entrar en el pasaje donde sólo había entrado el ingeniero, en más de un milenio.

Después de caminar por lo menos cincuenta pasos por el mismo centro del templo, se encontró en un suelo nivelado y se dio cuenta de que había entrado en una cámara de piedra. Al echar el rayo de luz de su lámpara por el cuarto oscuro, Isabela calculó que medía unos cinco metros por dos, y que tenía una altura de por lo menos tres metros. Habían estalactitas que colgaban por los muros; obviamente en el cuarto había humedad antes de que sellaran el pasaje. El aire que respiraba era seco y molesto para sus pulmones y volaba mucho polvo. Podía ver cómo se movía a través del haz de luz de su lámpara. Para su mayor desilusión, el cuarto estaba vacío, pero sospechaba que podría encontrar otro pasaje por detrás de alguno de los muros, y se dio cuenta también de que los muros estaban adornados con varias figuras humanas de estuco.

—... siete, ocho... nueve —contó—. Los nueve caballeros de Xibalba, el bajo mundo —Isabela ya no alcanzaba a oír las voces de Mateo y de los otros arriba de ella, y el silencio poco natural que reinaba en la cámara la hacía sentirse como si hubiera entrado en un mundo totalmente distinto. Miró reverentemente a los caballeros, y trató de memorizar cada detalle de sus enormes narices aguileñas, los elaborados tocados de sus cabezas, y sus ojos tan observadores y asombrosamente tan llenos de vida. Fue entonces que notó lo que Tomás había perdido de vista en su primera entrada al templo.

En el muro posterior de la cámara había un orificio pequeño por el cual podría pasar sólo alguien de su tamaño si se deslizaba sobre el estómago. Justo arriba del orificio, pudo descifrar los jeroglíficos de una fecha maya; posiblemente, si tenía un poco de suerte, correspondería a la fecha de la muerte de la Dama Roja. Isabela se agachó junto al orificio y lo iluminó con la lámpara. Lo único que podía ver era que el pasaje se extendía más hacia el corazón del templo. Y parecía que no se agrandaba en lo más mínimo.

Ella se acostó en el suelo y serpenteó hacia el interior del túnel. *Ya. El espacio justo, lo suficiente para mover los codos y avanzar,* se dijo a sí misma. Por supuesto que Tomás, su precavido ingeniero, querría matarla de enterarse de que se había metido en el pasaje sin primero dejar que determinara si era seguro.

Pero lo tenía que hacer.

La moriría de curiosidad si tenía que esperar otro día más para saber lo que había al final del túnel. Por supuesto, jamás se enteraría de nada si el techo del pasaje se derrumbaba encima de ella, pero esperaba poder intuir si había peligro de inestabilidad estructural y poder escaparse a tiempo si así fuera.

Isabela rápidamente echó un vistazo sobre su hombro, y esperaba de alguna manera que Mateo o Flor la tiraran de los tobillos en cualquier momento. Desafortunadamente, el pasaje era tan estrecho que apenas si podía ver la parte inferior de sus botas de excursionista. Dirigió el rayo de luz hacia la oscuridad y serpenteó lo más rápido posible al interior de la pirámide.

El piso áspero de piedra le rasgaba y le rasguñaba cada centímetro de piel expuesta de su cuerpo. Cuanto más avanzaba, más los muros parecían encerrarla. *Yo ya sabía que no me convenía comer esos bollos en el desayuno,* murmuró, y maldijo a *Donas Dunkin* por haber establecido una franquicia en Copán. No eran buñuelitos, pero eran bastante sabrosos, y en ese momento prefería pensar en dulces más que en la posibilidad de quedarse aplastada por la piedra que la rodeaba.

Apenas pudo discernir donde parecía agrandarse el pasaje cuando titiló la luz de su lámpara. Isabela gimió y la golpeó en el suelo. *No, ni se te ocurra apagarte ahora.*

El rayo de luz se hizo un poco más fuerte durante un momento, y ella se detuvo un isntante, preguntándose si valía la pena arriesgarse a seguir adelante, o si debería regresar por donde había entrado, aprovechando la poca luz que le quedaba para llegar a la superficie.

Tardó unos dos segundos en tomar su decisión, y siguió adelante, pasando por alto los rasguños que le hacían sangrar los codos. Oyó la tela del pantalón de jean que se rajaba a la altura de la rodilla, y sus piernas quedaron aún más expuestas a las embestidas de la piedra. El inconveniente de tener las rodillas lastimadas tampoco era suficiente para apartarla de su meta, y respondió acelerando el paso. El túnel se iba haciendo más amplio a medida que avanzaba, y por fin llegó. Se impulsó para recorrer los últimos cuantos metros y sintió que las paredes se abrían del todo, desplomándose sobre el piso de una cámara más grande.

Al estirar los brazos se sintió en la gloria, y luego rodó para ponerse de lado y poder así observar al cuarto. Había más figuras de estuco que adornaban los muros, pero no se detuvo a admirarlas porque directamente delante de ella se encontraba el ataúd de piedra más grande que había visto en su vida. Con un nudo en la garganta, Isabela estiró su mano libre y la colocó en la tapa del ataúd. Pudo palpar las ranuras y diseños en la piedra fresca cuya tapa había sido cuidadosamente tallada por los mayas. Con un último flujo de energía, se impulsó para ponerse de pie y miró por encima del borde del sarcófago. Y se encontró cara a cara con otro ser humano.

En ese preciso momento, su lámpara titiló y se apagó.

—Basta ya. Voy a entrar a buscarla —Mateo buscó por todo el cuarto algo que pudiera usarse como antorcha y tomó la gran rama de árbol que había usado Pedro como bastón al subir por la ladera del templo. Se quitó la camiseta sucia y rompió una tira de la parte inferior para luego envolverla en la punta de la vara. Reconoció que no debería haber permitido que Isabela bajara sola. Ya había demorado demasiado tiempo.

Mateo sacó un encendedor barato de plástico que siempre llevaba en el bolsillo en caso de alguna emergencia, y lo colocó en el suelo, al lado de la antorcha improvisada. Buscó por la cámara hasta encontrar una piedra suelta que parecía suficientemente grande, y luego con la piedra golpeó el encendedor con toda su fuerza. Se agrietó el plástico y el líquido se derramó en el piso. Mateo giró la antorcha en el líquido para empapar la tela lo más posible.

—Necesito otro encendedor —anunció.

—¡Un encendedor automático! —gritó Flor con la voz ronca de tanto gritar el nombre de Isabela en el esfuerzo inútil de que respondiera. Ya llevaban por lo menos veinte minutos sin saber nada de ella, y se notaba una expresión de pánico en la cara de Flor.

Pedro buscó en el bolsillo de su pantalón de algodón gris y sacó unas cerillas de una cajita percudida. Se las tiró a Mateo.

Mateo encendió una cerilla y la acercó a la antorcha para encenderla. Prendió, pero nadie sabía cuánto duraría.

—Bueno, si no regreso en veinte minutos, Flor, vayan a buscar ayuda. Es posible que haya un derrumbe en el interior —Mateo pasó por alto el pánico que sentía al pensar en Isabela atrapada bajo la antigua piedra, y trató de apartar aquella idea de su mente. Ella necesitaría a alguien sereno para ayudarla a salir de ahí.

Cuando se giraba para bajar por el pasaje de las escaleras, Tomás lo detuvo y sacudió la cabeza en silencio.

—Hazte a un lado, Tomás, o te quitaré de mi camino —le bramó.

Tomás se hizo a un lado.

Mateo se apresuró a bajar las escaleras, haciendo que cayeran pequeñas piedras con su paso. En cuestión de minutos se encontró en una pequeña cámara, pero al recorrer el espacio con la luz de la antorcha, no encontró a Isabela.

—¡Indiana! —llamó, pero no hubo respuesta alguna—. ¿Indiana, me puedes escuchar?

Sintió que se le cerraba la garganta, y jadeaba al respirar mientras daba grandes zancadas alrededor de la habitación.

—¡Isabela!

La antorcha iluminaba de manera intermitente las figuras que adornaban los muros, haciéndolos bailar como si lo atormentaran porque sabían del paradero de Isabela. Maldición, ¿dónde podía estar? En ese cuarto apenas si cabían dos personas, así que no había dónde esconderse.

—¡Isabela!

Detrás de él, escuchó un movimiento, como si alguien tratara de cavar para salir de debajo del piso. Se dio vuelta y extendió la antorcha delante de él. Una puerta.

Colocando la antorcha en un soporte de la pared, entrecerró los ojos y trató de ver algo en la oscuridad del túnel. Gritó el nombre de Isabela una vez más.

—Mmmmmm —fue la respuesta suave. Miró hacia el pasadizo y se agachó, apoyando las rodillas en el suelo. Sólo porque podía escuchar el ruido que hacía al pasar por el túnel no se adentró para rescatarla.

Después de un momento que le pareció una eternidad, dos manos empujaron algo por la salida del túnel y pasaron a tentar al suelo. Él las tomó para jalarla hacia afuera con un poco más fuerza que la que había planeado.

—Mateo, no vas a creer lo que hay ahí abajo. Tomás

me va a matar; dejé su lámpara. ¿Ves esta máscara de jade que encontré? —hizo un gesto con la mano en dirección al objeto que yacía en el suelo—. Es su cara. La cara de la Dama Roja. Y es la cosa más bella que he visto en mi vida, aun mejor que las que descubrieron en Tikal. Tienes que bajar a ver. Es increíble... absolutamente... —por fin miró directamente el rostro de Mateo y se acallaron sus palabras—. ¿Mateo?

—Pudiste haber muerto —dijo en voz grave y amenazante—. Pudiste haberte quedado aplastada. Tomás no entró en ese pasaje para revisarlo. Ni siquiera sabíamos que existía.

—Pero...

—Te pudiste haber golpeado la cabeza o fracturado una pierna, y nadie habría podido pasar por ahí.

—Mateo, es que yo no...

—Pudiste haberte quedado sin aire. Nadie que tuviera que respirar para vivir ha entrado ahí durante cientos de años.

—No, pero...

Sosteniéndola por las muñecas, la atrajo contra su pecho desnudo.

—¿Tienes alguna idea de lo preocupado que estuve?

Ella tuvo el valor de mirarlo furiosa. Furiosa. Con él. Después de preocuparlos a todos al grado de llevarlos al borde de la histeria y de que su hermana estuviera a punto de sufrir un infarto.

—Mateo, perdóname, pero no podía salir sin ver lo que había al final del túnel —con esas palabras se le iluminó la cara con una emoción meramente infantil, y a él le habría parecido adorable si no fuera porque que en ese momento tenía ganas de estrangularla—. Fue maravilloso.

Él se limitó a mirarla fijamente, no había caso: ella no tenía ni la menor idea de lo preocupado que había estado. Después de unos segundos, la emoción se desvaneció de la cara de ella, y observó que sus cuerpos estaban tocando; ni siquiera acostados podrían estar tan cerca como lo estaban ahora.

—Mateo, siento mucho haberte preocupado —dijo, alzando la mano para acariciarle la mejilla—. No fue mi intención asustarte.

Mateo sacudió la cabeza sin poder pronunciar palabra alguna, y luego cerró los ojos como si el hecho de no mirarla pudiera frenar las malas jugadas que le hacía su cuerpo sólo por estar cerca de ella.

—Teo, te dije que lo siento. ¿Qué más quieres que haga?

Con eso, él abrió los ojos y sin pensar siquiera en lo que decía, simplemente le dijo la verdad.

—Todo. Quiero absolutamente todo.

Inclinó la cabeza para besarla. Nada quedaba ya de todo aquel control que había ejercido cuando la había besado después de su descubrimiento del pasaje. Sus labios se fundieron con los suyos en una mezcla de alivio torturado y deseo. Se sintió completamente arrollado por un simple beso y sentía qu le temblaban las rodillas. Esta mujer era Isabela. Su Isabela.

A ella se le escapó un suspiro de los labios, que ya parecían algo hinchados por el beso. Él apartó la boca de la suya para pasar sus labios por su cuello.

—No... —dijo, al mordisquear suavemente el punto donde su nuca se juntaba con su hombro— vuelvas... —su boca subió un poco para mordisquearle el lóbulo de la oreja— a hacer eso... —un beso más en el ángulo de la boca— nunca jamás.

La volvió a besar de lleno en la boca, y las manos de ella recorrieron su pecho desnudo, volviéndolo loco.

—Ay, Teo, Gracias a Dios —murmuró ella aferrándose con las manos a sus hombros como si fuera su única ancla en medio de un huracán.

—¿Isabelita?

Tras murmurar una maldición, Mateo levantó la cabeza y vio caer unas piedritas por la escalera que conducía a la salida del templo. Por los ruidos que se oían, Flor llegaría y los sorprendería en cualquier momento. Una vez más.

Se inclinó para darle a Isabela un último beso, un beso apasionado, antes de soltarla. La mirada de Isabela se volvió un poco borrosa cuando recorrió su propia boca con los dedos. Ella lo miró entonces, y había algo en la manera en que éste le devolvió la mirada que la hizo tropezar y tambalearse hacia atrás. A Mateo no le sorprendió su reacción. Estaba seguro de que ella podría entender por su simple expresión cuánto la deseaba, por más tenue que fuera la luz de la antorcha. Él tenía toda la intención de conquistarla antes de retirarse de Copán. Y quería que ella lo supiera.

Capítulo Diez

Aturdida, Isabela se dejó guiar por Flor para salir de la cámara y subir a la parte superior del templo donde esperaban Pedro y Tomás. Después de intercambiar algunas palabras con los dos arqueólogos, y de paso comprometerse a asistir a la fiesta de Tomás esa noche, Isabela abandonó al grupo en estado de desconcierto. Sentía gran necesidad de alejarse de Mateo en ese momento. Por alguna razón que no comprendía, con sólo mirarlo se volvía loca.

Tan pronto como llegó a la zona del parque, aceleró el paso, luego se echó a correr y no se detuvo hasta haber pasado las puertas de la zona arqueológica, la calle adoquinada y llegar por fin a la casa de su abuela. Tenía que contarle a su abuela Lupe de su descubrimiento. Tenía que contarle lo que había sucedido con Mateo.

Al entrar en el jardín de su abuela, que estaba atiborrado de árboles frutales y flores tropicales de todos tipos y colores, Isabela aminoró el paso y caminó. Distraídamente cogió una naranja de un árbol y caminó hacia la parte trasera de la casa donde Lupe normalmente se sentaba por las tardes. Ahí estaba su abuela, sentada en su silla de caoba tallada, en el patio de mosaicos, tejiendo una tela multicolor en su pequeño telar mientras canturreaba una de sus melodías favoritas, que ella llamaba: *sus canciones a la antigua.*

—Hola, chica —la saludó su abuela sin levantar la mirada de su trabajo—. Dame esa naranja y te la preparo.

Isabela se sentó sobre la hamaca que colgaba entre dos árboles cerca de la silla de su abuela y le entregó la fruta. Se meció arrastrando los pies por la tierra sin pasto que había debajo de la hamaca. Lupe le hizo un nudo al tejido y levantó el plato y el cuchillo que tenía al lado de su silla. Isabela observó cómo su abuela pelaba la cáscara exterior con gran destreza, para dejar intacta la cáscara interior, suave y tierna. Al terminar, Lupe rebanaría la parte superior de la naranja, para que Isabela exprimiera el dulce jugo al interior de su boca. Era una manera muy particular de comerse una naranja, pero Lupe siempre le decía que era la única manera de comer la naranja en Honduras. Se molestaba sobremanera si Isabela intentaba rebanar una naranja o si la pelaba por completo.

—Algo te está molestando, Isabelaita —los dedos morenos de Lupe recorrían toda la fruta, quitando la cáscara en una sola tira—. No tendrá que ver con el joven y apuesto hombre a quien tan poco caso hacías el día que te fui a buscar al aeropuerto, ¿verdad?

—Encontré a la Dama Roja, abuela.

Al escuchar esa declaración, su abuela levantó la cabeza de su labor, con los ojos brillantes, pero se limitó a entregarle la naranja pelada a Isabela para esperar que continuara. Sin poder detener la oleada de palabras una vez que había comenzado su relato, Isabela le contó todo a su abuela mientras comía la fruta; desde el final de su relación con Mateo en San Luis hasta el momento en que encontraron a la Dama Roja y el beso de esa tarde.

—Ay abuelita, no sé qué hacer. Ni siquiera somos los mismos de antes, y han sucedido tantas cosas entre nosotros... —Isabela dejó de hablar y colocó la cáscara de la naranja cerca de sus pies para limpiarse las manos en el short—. ¿Y sabes? He vuelto a tener esos sueños de nuevo. No puedo evitar la sensación de que hay algo que no me quiere decir.

—¡Bah! Tú y tus sueños. No sabes nada de sueños, Isabela. De lo único que sabes es de tus miedos —Lupe se puso de pie y levantó su bastón, sacudiéndolo en dirección de Isabela. Isabela jamás había visto tan enojada a su abuela—. ¿Por qué no lo confiesas? Lo que pasa es que no te sientes digna de amor, así que usas tus sueños como excusa para rehuir del amor.

Isabela se miró los pies, y sus ojos se llenaron de lágrimas. Todo lo que había dicho su abuela era verdad y lo reconocía, pero de todos modos le dolía.

—Ay, niña —Lupe se acercó a ella y con un gemido, se sentó a su lado sobre la hamaca. Las dos tomaron impulso con la punta de los pies, para balancearse suavemente en la hamaca rodeada de palmeras que se mecían en la brisa—. ¿Te crees que no me duele saber que le fallé a mi propia hija? ¿A mi propia sangre? Inés, tu madre, era una chica maravillosa. Casi me muero cuando me enteré de que andaba con esos desgraciados narcotraficantes —Lupe suspiró y le dio a Isabela una palmadita en la pierna—. Pero también reconozco que hice todo lo que pude para protegerla. Y ella sabe hasta la fecha que siempre podrá regresar a casa. Algún día lo hará.

Isabela suspiró. Sabía que su madre biológica se mantenía en contacto con su abuela hasta la fecha. De vez en cuando, su abuela le hacía saber que Inés aún vivía por medio de comentarios velados. Isabela sabía lo suficiente de Inés Santana como para entender lo que no se le decía: seguía hasta la fecha gastando la mayor parte del dinero que le mandaba su familia en comprar cocaína; seguía viviendo con una serie de hombres de mala fama en varias ciudades centroamericanas adonde solía viajar, y jamás preguntaba por Isabela. Lupe nunca se lo decía con todas las letras, pero tampoco lo negaba cada vez que Isabela lo decía. Por muy doloroso que fuera saberlo, Isabela todavía quería saber que Inés estaba bien dentro de las circunstancias.

—¿Cómo sabes que regresará? —preguntó finalmente Isabela, tras hacer un esfuerzo.

Lupe echó la cabellera canosa hacia atrás y sacó el mentón como si retara a Isabela a contrariarla.

—Porque lo he soñado.

—¡Abuela! —contra su propio instinto, Isabela se rió—. ¿Y por qué son más confiables tus sueños de Inés que mis sueños de Mateo?

Lupe alisó la bastilla de su caftán color rosa y naranja.

—Bueno... es que estudié la psicología en la secundaria. Yo conozco la diferencia entre los mensajes que envía el subconsciente y los mensajes que envían los antepasados —abrazó a Isabela con un solo brazo y la atrajo contra sí—. Tú tienes el don, Isabelita, pero tienes que aprender a no dejar que tu terquedad te obstruya el camino.

Isabela apoyó la cabeza en el hombro de su abuela, y escucharon juntas cómo las brisas tropicales levantaban y sacudían las hojas de las palmeras encima y alrededor de ellas. De repente, Lupe se levantó, apoyándose en su bastón.

—Espera aquí. Tengo algo para ti.

Cuando Lupe desapareció en el interior de su pequeña

casa, Isabela se recostó en la hamaca para observar el despejado cielo azul mientras ella se mecía de un lado al otro. El paraíso era una hamaca en Honduras; de eso estaba segura.

¿Pero, ahora qué? ¿Realmente podrían volver a empezar? Era obvio que todavía existía una fuerte atracción entre ellos, pensó Isabela con una sonrisa sabia. Sin embargo, ella seguía soñando lo mismo de Mateo con esa mujer. Aunque su abuela le insistiera en que el sueño no significaba nada y que no era mal augurio de nada, ella no estaba tan segura. Todavía tenía la fuerte sensación de que Mateo le ocultaba algo, desde el incidente del alacrán.

Pero, quizás tuviera razón su abuela. Quizás fuera el momento de enfrentarse con su pasado y olvidarse de sus propias inseguridades. Quizás fuera el mejor momento de darle otra oportunidad a Mateo.

O quizás fuera el momento apropiado de regresar a su casa y consultar un psiquiatra.

Con un suspiro, Isabela se sentó y detuvo la hamaca con los pies. Justo en ese momento, Lupe salió de su casa con el corte de tela más hermoso que hubiera visto en su vida.

—Ay, abuela, ¿tejiste esto? —Isabela alcanzó a su abuela a mitad de camino y tomó la tela entre sus manos. Al examinarlo más de cerca, vio que era un chal—con un diseño geométrico con todos los colores del arco iris sobre un fondo negro. Tenía un fleco delicado y sedoso que en todos los bordes y se sentía fresco al tocarlo. El chal estaba elaborado con una tela más tiesa y fuerte que lo normal, pero al colocarlo alrededor de sus hombros, tenía una caída perfecta.

—Lo terminé justo antes de tu llegada —dijo Lupe

con una gran sonrisa mientras ajustaba una parte del fleco—. Era como si estuviera obsesionada por terminarlo antes de que llegaras, y al acabarlo, supe que lo había hecho para ti.

—Ay abuela —Isabela la abrazó fuerte, poniendo atención de que el chal no se le cayera al suelo—. Es magnífico.

—Este diseño es mi propia interpretación del tejido tradicional del *huipil*, la blusa de la mujer maya —explicó su abuela, retirándose un poco para admirar su trabajo—. Dicen que cuando una mujer maya se pone esta prenda, su cabeza sale del centro de un mundo, como tejida de los sueños.

Lupe sonrió, y aparecieron unas arrugas en los dos extremos de los ojos.

—Lo que sea que signifique eso. Lo único que sé es que yo usé un chal muy parecido a éste la primera noche que seduje a tu abuelo.

—¡Abuela!

La anciana le guiñó un ojo.

—Y ahora, ve y dale un buen uso a este chal.

Isabela y Flor caminaron por la calle adoquinada hacia la casa de Tomás. Aun desde el pie de la colina alcanzaban a oír los sonidos de la música de merengue y salsa y las risas de los invitados. La hermosa casa de estuco era mucho más grande de lo que se esperaría de alguien con el sueldo de un ingeniero, pero Isabela sabía que Tomás había heredado alguna suma fuerte de dinero de un familiar.

Isabela acomodó el fino tirante del vestido rojo de raso y murmuró una maldición a Flor por haberla forzado a usar los ridículos zapatos de plataforma que habían convertido una corta caminata a la fiesta en toda una odisea.

—Deja de fijarte en tu apariencia —le advirtió Flor, que lucía fresca y hermosa en su vestido de corpiño de rayón azul. Te verías muy elegante si relajaras las manos y te quitaras la expresión de enojo de la cara.

—No estoy enojada —refunfuñó Isabela. Ella detestaba las fiestas de no ser ella misma la anfitriona. No tendría excusa para ir a recluirse en la cocina con el pretexto de preparar más tentempiés o para ponerse a arreglar los adornos de la mesa del bufé si no tenía con quién hablar. ¿Y la charla trivial? Ni pensarlo. Prefería estar muerta antes que tener que hablar de trivialidades. Si alguien le preguntaba cómo le iba para luego cortarle su respuesta por la mitad para saludar a alguien más, le daría una bofetada.

Ella y Flor entraron en el patio cubierto de ladrillo e Isabela se encontró sola de inmediato cuando un caballero de edad madura con sonrisa de dentífrico sacó a bailar a Flor. El patio estaba atiborrado de gente del pueblo; todos se reían, charlaban, y bailaban mientras abrían heladas latas de cerveza que sacaban de las hieleras colocadas cerca de la puerta o tomaban copas de vino que el equipo de Tomás mantenía siempre llenas. Isabela estaba maravillada ante la extraña mezcla de gente refinada con pueblerinos. Reconoció a varios campesinos que había visto sentados en una mesa con Mateo en la cantina del pueblo, y vio a algunos de sus estudiantes con miembros de su equipo que circulaban entre los invitados o que tomaban clases improvisadas de salsa que les daban las mujeres del pueblo. La mayor parte de las mujeres llevaban vestidos sueltos o faldas de colores fuertes, y los hombres estaban vestidos de manera más informal; con guayaberas y pantalones de algodón, o bien pantalones vaqueros con camisetas de cuello polo.

Isabela se sorprendió a sí misma moviéndose al ritmo ensordecedor que provenía de los grandes altavoces ocultos detrás de unas macetas con palmeras. Alguien le dio una copa de sangría, y saboreó el dulce vino lleno mientras andaba por el patio y se acomodaba su chal al caminar.

¿Dónde estaría Mateo?

Isabela pensó en que lo había entrevisto varias veces en medio de la muchedumbre, pero para cuando había logrado abrirse camino y llegar al lugar en donde lo había visto, ya no estaba.

Que bonito pensó. *Una vez que decido que no me incomoda estar con el tipo, desaparece.*

Pasó una hora buscándolo como loca por todo el sitio, pero ni rastros de Mateo. Logró distraerse un rato, charlando con Pedro y Tomás, enseñándoles a algunos de sus estudiantes los pasos básicos de la rumba, y escuchando una discusión entre varias mujeres de la localidad sobre qué novio era el mejor bailarín en la fiesta. Se le aceleraba el pulso cada vez que entraba al patio algún nuevo invitado, pero sólo para desilusionarse de nuevo. Entonces, sintió que se le acercaba alguien por la espalda y olió una colonia masculina.

—Señorita, ¿puedo invitarla a bailar?

Isabela sabía que antes de girarse que no podía ser Mateo, pero esperaba que fuera él. Para tratar de ocultar su desilusión, Isabela sonrió alegremente al joven parado ante ella.

—El doctor Ayala, ¿verdad? —se había fijado varias veces en el joven doctor en el pueblo, pero jamás había tenido la oportunidad de hablar con él hasta ahora. Por la conversación del grupo de mujeres que acababa de oír, el guapo doctor Ayala estaba considerado como uno de los solteros más codiciados de Copán.

—Por favor, me llamo Carlos —le tomó la mano para besársela, en un elegante saludo anticuado que concordaba perfectamente con su personalidad. Ella reconoció, al observar el pantalón caqui perfectamente planchado y la costosa camiseta color ciruela, que era exactamente el tipo de hombre que debería atraerla. Un hombre con un buen trabajo, educación impecable y buen gusto para vestirse.

—Está bien, Carlos —dijo mientras él seguía sosteniendo su mano—. Con mucho gusto.

Él la llevó hasta la pisa de baile con gran elegancia, y conversaron sobre su trabajo de médico, sobre la excavación de ella, y de su vida en Nueva Orleans. Carlos tenía tanto don de labia que hacía que el clima le pareciera interesante a Isabela, y ella se reía de buen grado mientras bailaban.

Él se sentía atraído por ella. Ella se daba cuenta por la manera en que la atraía cerca al bailar, y por la manera demasiado íntima de acariciarle la espalda con la mano. Por supuesto, Carlos era todo un caballero, e Isabela era muy consciente de las miradas envidiosas que le echaban algunas de las solteras más jóvenes de la fiesta. Sin embargo, tenía que admitir que el hombre era muy guapo. Un poco delgado, quizás, pero su fuerte musculatura se sentía bajo la gruesa tela de la camiseta. Y tenía una cara que podría detener al tráfico—enormes ojos color café; una tez olivácea perfecta, con suficiente barba para darle un aspecto algo peligroso; y una boca que parecía hecha para besar.

Desafortunadamente, Isabela no sentía ni la menor atracción hacia él.

—Así que si te interesa —continuó Carlos, e Isabela tuvo que apartar sus pensamientos para escuchar lo que le decía—, me encantaría enseñarte mi consultorio algún día. Me imagino que no es tan elegante como los consultorio médicos de los Estados Unidos, pero estamos muy orgullosos de lo que hemos creado.

—Bueno, pues...

De repente Isabela sintió que alguien la agarraba de los brazos de Carlos para darle la vuelta. Levantó la vista y se encontró con un par de furiosos ojos azules, y en ese momento se dio perfectamente cuenta de por qué no había sentido nada al bailar con el apuesto Carlos Ayala.

—¡Mateo!

—¿Te importa si te saco a bailar? —Mateo le echó una mirada a Carlos que expresaba perfectamente que no le interesaba en lo más mínimo si le importaba o no al doctor.

Carlos inclinó la cabeza educadamente, y apenas se notó su enojo en sus facciones perfectas.

—Por supuesto que no. Es natural que a una mujer tan hermosa como Isabela la saquen a bailar muchos hombres. Hasta luego, belleza.

Mateo le mostró los dientes, en un gesto que se asemejaba a una sonrisa en dirección al hombre y giró a Isabela en la dirección opuesta.

—¡Qué encantador de tu parte! —exclamó Isabela, pero su valentía al pronunciar las palabras fue poco convincente, el leve temblor de sus manos apoyadas en los bíceps de Mateo la delataban. Él llevaba un pantalón de jean negro y una camisa de seda color añil que se sentía maravillosa—. ¿Por qué no me diste un garrotazo y me arrastraste a tu cueva ya que estabas?

Él le guiñó el ojo.

—Fíjate que ahora que lo mencionas, no es mala idea, *belleza*.

Isabela enderezó los hombros y se alejó un poco de él para bailar de manera más apropiada.

—Deja de imitar a Carlos. Es un hombre muy amable.

—¿Así que ya se tutean? ¿Carlos, entonces?

—Ni siquiera sabes por qué me llama *belleza* —continuó ella, pasando por alto su comentario—. Que yo sepa, no sabes ni lo que quiere decir.

Mateo ladeó la cabeza y tocó la frente de Isabela con la suya.

—Si lo dice por lo de tu vestido, entonces significa que te ves endemoniadamente sensual.

Lo que Isabela pensaba contestarle pasó inmediatamente al olvido cuando Mateo la besó suavemente, rozándole los labios.

—Eso...

—Bueno, entonces supongo que tendré que volver a hacer eso —hizo una mueca con la boca para formar una media sonrisa, como si fuera a devorarla viva—. Creo que es la única manera de tener la última palabra contigo.

—Muy chis...

Pero la respuesta de Isabela se vio interrumpida por la aguda nota de una trompeta que tocaba los primeros compases de un tango. Mateo la atrajo contra su pecho con un movimiento impulsivo y elegante a la vez. En la época en que eran estudiantes, jamás había sido un buen bailarín salvo para bailar los típicos pasos lentos.

Obviamente las cosas habían cambiado. Siguiendo el

ritmo que resonaba por el patio, Mateo la guió en el avance y retroceso que exigía la coreografía. Isabela raras veces bailaba el tango con nadie; era demasiado fácil caer en el melodrama y la ridiculez. Pero al darse cuenta de que las demás parejas que estaban bailando ya habían despejado la pista para formar un círculo alrededor de ellos, Isabela reconoció que su intuición era correcta... Mateo bailaba el tango como consumado bailarín.

La hizo girar y la inclinó hacia atrás, y antes de volver a levantarla, aprovechó el momento para recorrer con los dedos su cuello y llegar al escote, justo entre sus senos. Se le soltó el cabello que Flor le había recogido en un peinado elegante, e Isabela se preguntó si se veía tan lasciva como se sentía.

Un paso para adelante.

—¿Dónde aprendiste a bailar así? —preguntó ella al girar de nuevo para terminar con su espalda contra el pecho de Mateo. Mateo recorrió las manos a lo largo de sus brazos, y ella jadeó por el puro placer de sentir sus manos que la tocaban.

Él inclinó la cabeza para mordisquearle el lóbulo de la oreja.

—He aprendido muchas cosas desde la última vez que nos vimos, Indiana. Te enseñaría, pero Tomás nos echaría de su casa —la giró para mirarla a la cara y le regaló su famosa sonrisa sinvergüenza y sensual—. ¿Quizás más tarde? Mi tienda de campaña es *tu* tienda de campaña.

Un paso para atrás.

—¡No! —se cruzaron sus miradas, y él se rió. Obviamente, su negativa se contradecía con la expresión de su cara.

—Prepárate, que vienen los pasos difíciles —dijo él haciéndola girar en un paso complicado que la mareó. O quizás fuera debido a que el giro había terminado dejándola con una pierna sobre la cadera de Mateo.

—Me deseas, Indiana. Admítelo —la miró directamente a la boca, y luego la levantó.

—Quizás —dijo ella y se humedeció los labios mientras miraba la boca de él—. Pero siempre podría ir al consultorio de Carlos si me haces enojar.

Mateo dio dos pasos elegantes hacia atrás, guiándola con la mano.

—¿Te invitó?

Isabela le regaló su sonrisa más enigmática, mientras lo alejaba con un suave empujón en el pecho. Se balanceaba ante él, y deslizó los dedos primero sobre su pecho y luego sobre su espalda, y sintiendo sus músculos que temblaban bajo su mano. Al terminar la voltereta, él la atrajo de nuevo, y le acarició el brazo, para luego sujetarle la mano y alzarla sobre su cabeza.

—¿Quizás?

La inclinó hacia la izquierda y luego a la derecha, y el paso terminó con sus cabezas unidas y los dos abrazados. Mateó bajó la mirada a la boca de ella, e Isabela, hipnotizada por el preludio de uno de sus exquisitos besos, casi se tropezó cuando él la hizo girar de nuevo para seguir bailando. Volvió a acercarla.

—Te apuesto a que puedo hacerte olvidar esa invitación.

—¿Tú crees? —lo retó ella.

Él le sostuvo la mano y la inclinó hacia atrás una vez más, arqueando su cuerpo hasta casi tocar el suelo. Igual que la mayor parte de los bailes de salón, el tango estaba pensado para que se luciera la mujer, pero Isabela reconocía que si alguna mujer de la fiesta la observaba, sería de puros celos. Mateo era la estrella de la noche.

La volvió a levantar, y estuvo cara a cara con él justo el tiempo suficiente para fijarse en el la pasión devoradora de sus ojos, antes de buscar su boca para darle un profundo y prolongado beso que la hizo tambalearse.

Cuando por fin se separó de sus labios, estaba casi mareada por el deseo.

—¿Todavía quieres ir a jugar al doctor con Carlos? —preguntó.

—¿Carlos? ¿Quién es Carlos? —murmuró ella.

Mateo se rió suavemente y la hizo girar una vez más al terminar la música. Sin pensar, Isabela le rodeó una pierna la suya y se deslizó hacia el suelo, justo al sonar la última nota con un golpe de platillos. Su otra pierna estaba estirada hacia atrás en una dramática pose final que provocó una ovación general de los demás invitados de la fiesta.

—¿De dónde sacaste ese paso? —preguntó Mateo mientras la ayudaba a levantarse. Los dos hicieron una reverencia en reconocimiento del aplauso, aunque Isabela no le quitaba a Mateo los ojos de encima.

—Lo vi en un programa de baile de salón por televisión. Me gustó.

—A mí también me gustó. Podría acostumbrarme a esa postura.

—No exageres, Esquivel —dijo ella, abriéndose paso entre la multitud para salir de la pista. Todo el mundo gritaba su nombre: *Isabela,* y no *la gringuita.* Y todo porque había asistido a una fiesta para divertirse con ellos.

Echó una mirada tras su hombro en dirección a Mateo. Era a él a quien le tenía que agradecerle esto. Esto y más. Él estaba rodeado de una manada de niñas adolescentes y por algunas de las mujeres más importantes del pueblo y él se dejó arrastrar de nuevo y de buena gana a la pista de baile. Era tan guapo. Por todo lo que se había preocupado por ella, y por tantas veces que debería haberlo apoyado y que no lo hizo, y por todas las ocasiones en las que ella debería haberle tenido confianza y no lo había hecho, ella quería compensárselo. Si eso significaba sólo una noche con él para que después él cambiara de parecer, que así fuera. Ella le pertenecía. Si la abandonaba mañana mismo, era lo menos que ella se merecía.

Ella caminó directamente hacia él y se cruzaron sus miradas.

—Guarda para mí el último baile, Indiana —le gritó, al tropezarse mientras dos niñas de unos trece años lo arrastraban por las manos en dos direcciones opuestas.

—Sí —dijo ella, y por poco dejó de respirar al ver la respuesta de sus ojos.

Isabela se despertó de una pesadilla a las 3:03 de la madrugada, con el corazón dando saltos y las sábanas enredadas alrededor de su cuerpo. Mateo. Y con esa Mujer. Ella sostuvo la cabeza entre sus manos y luchó para calmar las perturbadoras emociones que había provocado la pesadilla.

Mateo.

Todavía desorientada, Isabela se concentró en tratar de recordar dónde había estado esa noche. Habían bailado abrazados la última pieza de la noche, al compás de una canción romántica, y al salir de la fiesta, un grupo de campesinos los había detenido. Habían pedido que

Mateo les ayudara a resolver una pelea, y se negaban a dejarlo ir hasta que hablara con ellos. Finalmente, Isabela y Mateo habían decidido que sería más fácil que Mateo los acompañara. Mateo le había dicho que se adelantara a llegar al campamento y le había pedido que prepara un bolso con sus cosas; le prometió también que la alcanzaría lo más rápido posible.

Pero ella seguía en su propia tienda de campaña, y ahora escuchaba las murmuraciones de Flor en medio del sueño, y Mateo aún no había venido a buscarla.

Pero la verdad es que era de esperar. Una noche tan perfecta no podía terminar con la misma perfección. Simplemente, las cosas no sucedían así en su vida. Ella había encontrado a la Dama Roja, Mateo le había prometido el mundo por sus acciones, y a último momento retiraba la promesa. ¿Y qué?

No, ella no se iba a permitir ese lujo. Ella ya había cometido el error de abandonarlo una vez. Esta vez, tendrían que discutir las cosas. Quizás Tomás lo hubiera demorado más de lo calculado, y Mateo no había querido despertarla. Quizás cuando había llegado a su tienda ella estaba tan profundamente dormida que no la había podido despertar. Por lo que fuera, ella quería saberlo de boca de Mateo. A pesar de la pesadilla, a pesar de la mujer; ella sabía que Mateo sentía algo por ella, y esta vez, estaba empeñada a luchar por ello.

Se puso un par de sandalias, agarró su chal, y salió de la tienda, para luego tomar la precaución de cerrar la cremallera de la pantalla mosquitera y la cortina tras ella. Una fuerte brisa la despeinó y le alborotó algunas mechas de cabello alrededor de su cara. Se tapó con el chal al sentir la carne de gallina que se formaba en sus brazos por el frío. Olía a lluvia a pesar de que la noche estuviera despejada.

Al llegar a la tienda de campaña de Mateo, la encontró vacía, y se notaba que no había dormido en su cama. Estuvo tentada de vestirse y regresar a la casa de Tomás, pero luego tuvo un fuerte presentimiento de que Mateo se encontraba en otro sitio.

El templo.

El viento sopló más fuerte, y le aplastó el camisón contra el cuerpo. Caminó por el sendero, atravesó la entrada a las ruinas; sus únicas guías eran la memoria y el deseo de encontrarlo, mientras pasaba por los monumentos de los reyes caídos. Mateo tenía que estar ahí.

Una rama de árbol se enganchó en la tela delgada de su camisón, y se hizo jirones. El cabello se le pegaba a la cara cuando sintió las primeras gotas de lluvia. *Ya estoy en camino.* Se tropezó contra el primer peldaño de la escalinata del templo, pero su cuerpo siguió adelante. Era como si todo lo importante de su vida tuviera que converger allí mismo, en ese preciso lugar; en donde los guerreros había luchado y habían muerto, donde se habían hecho sacrificios para calmar la furia de los dioses, y en donde una sola mujer había reinado sobre todo un imperio. Subió los últimos peldaños y entró en las ruinas del templo. Mateo tenía que estar ahí.

Vacío.

Jadeaba para respirar, Isabela sintió que se desintegraba ahí mismo. Por ridículo que pudiera parecer, estaba completamente segura de que él estaría ahí esperándola. Quizás fuera una ridiculez de su parte pensar que los siete años de separación no habían matado el amor que había existido entre ellos.

Un rayo iluminó el cuarto durante una fracción de segundo, y ella avanzó hacia una piedra que sobresalía del muro al lado de un orificio para sentarse ahí. Fijó su vista en la oscuridad, sin saber si pasaron minutos u horas antes del siguiente relámpago. Giró la cabeza.

Mateo estaba parado en la entrada.

Sin pronunciar una sola palabra, ella se levantó. Se cruzaron sus miradas, ella colocó una mano en su cuello, y el chal se cayó a sus pies. El siguiente destello de luz reveló la cara de él; la observaba y la esperaba. Había venido por ella, y ahora quería que ella diera el próximo paso. Se abrió el cielo, y de golpe cayó un diluvio, golpeando sobre las piedras fuera del templo. Lentamente, ella se bajó el camisón de un hombro, luego del otro, y el delgado algodón cayó a sus pies. Mateo bajó el mentón y luego alzó la mirada para fundirla con la suya. Parecía animal preparándose a atacar a su presa. Isabela caminó lentamente hacia él, y se detuvo justo antes de tocarlo.

La respiración de Mateo se volvió sofocada, pero seguía sin tocarla. Ella titubeó y dio un paso hacia atrás. Estaba segura de que él podía ver en ella todos sus temores e inseguridades, incluso en plena oscuridad. Cayó otro rayo, y luego la luna se asomó por entre unas nubes, acentuando cada ángulo y facción de su cara.

—¿Estás segura de que esto es lo que quieres, Indiana?

Ella echó la cabeza hacia atrás y se rió, con una risa gutural y rasposa.

—Jamás pensé que necesitarías una invitación —dijo, con una valentía que no sentía. Ahora no era el momento de orgullos. Enredó sus dedos en su grueso y suave cabello y bajó su cabeza acercándose a su boca, hasta que apenas quedó un espacio entre sus labios—. Mateo Esquivel, te deseo tanto que casi me vuelvo loca.

Él sintió que ella se le pegaba, para presionar su dulce boca sobre la de él mientras deslizaba las manos a lo largo de su espalda, rasgando ligeramente sus costillas con las uñas, y perdió el control. La besó con una rudeza que opacó todo lo que había en el mundo menos a Isabela, y al inhalar su dulce perfume, se preguntó cómo había sobrevivido tanto tiempo sin tocarla.

Emitió un sonido grave, algo entre gemido y rugido, y dio un paso hacia atrás mientras ella se quitaba su ropa interior. Recorrió todo su cuerpo desnudo con la mirada al tenerla ante él, bañada en la luz de la luna y viéndose como alguna diosa antigua de sus sueños. Dios, no había sido su intención hacerla suya en estas ruinas, pero no estaba seguro de que pudiera sobrevivir si esperaba un momento más. Extendió las manos y las colocó sobre su delgada cintura, recorriendo su cuerpo con la boca, le quería rendir homenaje. Era Isabela.

Ella enredó los dedos en su cabello, y apretó las manos al sentir que le besaba el interior de sus muslos; la hizo temblar.

—Ven acá —dijo ella, al inclinarse hacia adelante hasta cubrirlos con su cabellera. Él ni pensó ni razonó, obedeció.

Bajó un brazo para tomarla por las rodillas, y se levantó, alzándola en sus brazos. La cargó al altar tallado que se erigía en el centro del templo, besándola lenta y tortuosamente.

Mientras ella desabrochaba torpemente los botones de su camisa al la vez que le sacaba pantalón, la recostó sobre la lisa superficie, sin dejar de acariciar uno de sus pequeños senos. Su piel le parecía sumamente suave y perfecta. Ella agarró la tela de su camisa para quitársela de los hombros y atraerlo encima de ella. Las manos de

Mateo recorrieron su cara y su cabellera, para deslizarse luego a lo largo de su cuerpo.

Él se retiró un momento para quitarse el pantalón de jean y sacó un condón del bolsillo. Abrió el paquete y se lo puso. Ella se apoyó en un codo para descansar la cabeza mientras lo observaba con esos oscuros ojos de gitana. Cuando él terminó, ella le rodeó el cuello con los brazos y lo besó, y los bajó para acariciar su miembro, haciéndolo gemir de deseo.

—Isabela, si no dejas de hacer eso, no voy a poder controlarme —le susurró al oído.

Ella le rodeó la cintura con sus piernas. Con un leve movimiento y en menos de un instante, la penetró.

—Entonces, pierde el control —contestó ella.

Empezaron a moverse en un total frenesí, y él la oyó gemir clavándole las uñas en la espalda. La besaba sin dejar de moverla contra él, haciendo tiempo para poseerla con calma y hacerla sentir eso y mucho más. Pero ella lo empujaba cada vez más adentro, con más y más fuerza y él se perdió en el antiguo ritmo de antes.

—Isabela —gimió. Su cara estaba acurrucada en el cabello de ella, y la abrazó como si jamás la fuera a soltar. Sintió que ella también perdía el control y supo que le faltaban sólo unos segundos para alcanzar el orgasmo, igual que a él.

Y luego ella se desplomó entre sus brazos, llevándolo con ella al gritar su nombre.

Al terminar, Isabela se recostó sobre la frescura de la piedra, y lo atrajo hacia ella para acurrucarse en su hombro. Se dio cuenta de que le habían brotado las lágrimas, que ahora caían por sus mejillas para derramarse luego en el pecho de Mateo mientras sollozaba. Mateo se apartó de ella, y tenía un brillo en los ojos que parecía irreal bajo la luz de la luna que brillaba por la entrada al templo. Alzó una mano tierna hacia su mejilla y le limpió las lágrimas con el dedo pulgar.

—Te comprendo, Indiana. Te comprendo.

La estrechó fuertemente entre sus brazos, e Isabela supo entonces que su abuela siempre tenía razón. El amor te hacía volar.

Capítulo Once

Con una sensación de asombro y de miedo a la vez, Isabela y Mateo juntaron su ropa y se vistieron, haciendo una pausa a cada minuto para tocarse y besarse como si tuvieran que confirmar que lo que acababa de suceder realmente había sucedido. Se alejaron furtivamente de las ruinas y alquilaron un cuarto en el Hotel Copán donde se pasaron el resto de la noche, hasta la madrugada, haciendo el amor. A ninguno de los dos le importaba no dormir.

Cuando se acurrucó junto a Mateo, Isabela alzó la mano para tocarle la mejilla y buscar en sus facciones alguna señal que delatara su arrepentimiento de estar con ella. No había ninguna.

—No comprendo cómo pude sentir tanto después de tanto tiempo —dijo—. ¿Qué habré hecho en mi vida para merecer una segunda oportunidad contigo?

Mateo se sentó, y las sábanas blancas del hotel cayeron sobre su cintura. Su mera belleza masculina la dejó sin poder respirar. Ella se incorporó en la cama para apoyarse en la cabecera y cerró los ojos rozándole los labios con un beso.

—Antes de alcanzarte en Nueva Orleans, pensé que te había alejado de mi corazón. Quiero decir... —él se peinó con la mano, y ella se rió al ver que había quedado peor. Extendió la mano para alisarle el cabello— que han pasado siete años. He salido con otras mujeres y hasta estuve a punto de comprometerme con una de ellas, pero durante todo ese tiempo, sentí que algo faltaba en mi vida. Pero me empeñé en negarme a mí mismo que no me había faltado ese algo cuando estábamos juntos —dijo, y luego continuó:

—Cuando supe que estabas buscando a la Dama Roja, decidí que tenía que meterme de alguna manera en esta excavación para advertirte de lo que le había pasado a mi madre —fijó la mirada sobre un punto de la pared, absorto en sus pensamientos—. Me convencí de que era lo que Joana habría querido. Entonces me abriste la puerta con esas cosas tan ridículas de papel de aluminio en el cabello.

Extendió la mano para estirarle unos rizos y observó cómo volvían a su lugar.

—Y supe desde ese momento que te quería de nuevo en mi cama.

Isabela sintió una punzada de desilusión al escuchar esas palabras, a pesar de que su cuerpo volviera a reaccionar al saber que la deseaba. Siendo realistas, era demasiado prematuro para que ninguno de los dos se comprometiera, pero de todos modos...

—¿Qué puedo hacer para compensarte por todo ese tiempo perdido? No sabes cómo lo siento, Mateo —dijo.

Sostuvo la respiración cuando él le tomó la mano para recorrer con la lengua uno de sus dedos y le lamió luego la punta. Le giró la mano para besarle la palma y mordisqueó la parte gordita de su dedo pulgar. Después de otro besito en la muñeca, el dolor sentimental de Isabela ya había pasado al olvido.

—Nada más te pido que tengas fe en mí —dijo él—.
Que tengas fe en esto —cubrió la boca de ella con la
suya, y ella supo que así sería.

—Entonces, ahora que me tienes —le dijo bromeando, pero su voz sonó grave y ronca hasta en sus propios oídos—, ¿qué piensas hacer conmigo?

Él se rió y la subió encima de él.

—¿Por qué no me dejas enseñarte?

Y lo hizo.

—¿Sabes? —le dijo Isabela irónicamente a Mateo a la
mañana siguiente, mientras caminaban de regreso al
campamento.

—He oído a mis estudiantes hablar de la *caminata de
vergüenza* en la ciudad universitaria después de pasar la
noche en el dormitorio de alguien. Si supieran que su
profesora de Estudios Mayas 101 está haciendo su propia versión en este momento.

Se envolvió con su chal. Gracias a Dios que había tenido la prudencia de irse del hotel justo a la hora del
amanecer. Ella sentía que se moriría si alguien los llegaba a ver en el estado en que venían; ella de camisón y
él con la misma ropa que había usado la noche anterior.

Mateo la apartó de la calle hacia el umbral de una
puerta. Escucharon el motor de un coche que arrancaba
con rugidos y retumbos a unos pocos pasos de ahí.

—No te arrepientes por nada de lo que sucedió anoche, ¿verdad? —le preguntó Mateo, frunciendo el entrecejo con la inseguridad de un chiquillo que espera una
respuesta.

Isabela le quitó suavemente un mechón de pelo de la
frente, con ternura.

—Por supuesto que no. Ni por un solo momento.

—Qué bueno —dijo él y se inclinó para darle un beso prometedor.

Cuando empezaron a oír ruido de puertas y ventanas que se abrían, se dieron cuenta de que sólo faltaban unos cuantos minutos para que despertara todo el pueblo. Tomados de la mano, salieron del quicio de la puerta y corrieron a través del estacionamiento, cerca de la entrada principal del parque. Desde aquí podían pasar desapercibidamente por un lado de la cerca sin que nadie del equipo los notara.

Al atravesar el claro, camino del campamento, Isabela notó un breve destello de luz en el centro de un grupo de árboles a algunos metros delante de ellos. Se le erizaron los vellos de la nuca, y se paró en seco.

—Mateo, hay alguien allá. Nos pueden ver.

Mateo entrecerró los ojos para mirar en la dirección que había indicado ella.

—¿Dónde? No ve...

Antes de que ella se diera cuenta de lo que sucedía, un trueno retumbó en sus oídos. Gritó sorprendida y alzó las manos para taparse la cara. Sintió que algo volaba junto a su brazo.

—¡Alguien nos dispara!

—¡Corre! —gritó Mateo, y la arrastró atrás de él para correr a refugiarse en un grupo de árboles, en el lado opuesto del campamento.

Se oyó la explosión de otro balazo, y se levantó polvo del suelo, como si fuera un géiser. Isabela agarró la camisa de Mateo y lo tiró hacia la derecha, con el intención de confundir al francotirador; zigzagueando le ofrecía un blanco más difícil.

—Ay Dios, ay Dios —dijo, corriendo lo más rápido

que podía, y sus sandalias le golpeaban la planta de los pies. No lograrían escapar.

—¡Bum!

Isabela se tropezó con una raíz de árbol y cayó al suelo. Aterrizó boca abajo sobre la hierba alta, y su brazo quedó torcido dolorosamente debajo de ella. Sólo unos segundos más tarde Mateo estaba echado encima de ella, y su cuerpo tapaba la parte superior del cuerpo de ella. Ella pensó que lo habían herido hasta que éste le tapó la cabeza con su brazo, y se dio cuenta de que la había tapado con su cuerpo para protegerla.

—¿Qué estás haciendo? —cerró los puños y trató de bajarlo—. No puedes quedarte así. Te van a matar.

—Quédate quieta. No te muevas —dijo mientras otra bala volaba por el aire justo por encima de sus cabezas. Ella gritó.

—Al diablo, Mateo, déjame levantarme —sacudió su cuerpo de un lado al otro para intentar quitárselo de encima, pero era demasiado pesado y no se movía. El pánico se apoderó de ella. ¿Y si lo baleaban por estar protegiéndola? ¿Y si se moría?

—Indiana...

—¡Déjame levantarme! —se escuchó otro balazo en el valle, y ella se dio cuenta de que el francotirador se acercaba cada vez más—. Ni te atrevas a que te den por mí —dijo con lágrimas que sofocaban su voz—. ¡Ni te atrevas!

—Demasiado tarde.

Isabela se sintió que se le helaba la piel. Se quedó perfectamente quieta.

—¿Dónde? —susurró. Mateo se sentía cálido y sólido encima de ella, y no sonaba como alguien que estuviera perdiendo fuerza de vida; pero el simple hecho de pensar en que él pudiera estar herido la afectó de todos modos.

Con una maldición, Mateo la giró de espalda y la mantuvo quieta con una mano.

—Isabela, ¿podrías tratar de no moverte tanto? Me duele —echó una mirada por sobre su hombro izquierdo, y casi se desmayó al descubrirlo hecho un desastre rojo y pegajoso.

Parpadeó rápidamente varias veces, y luego extendió la mano para cubrir su herida con los dedos.

—Se supone que hay que hacer presión en la herida —dijo alocadamente, en medio de un torbellino de emociones que pugnaban por salir.

Él arrugó la frente y la miró con tristeza.

—No llores, Indiana.

Naturalmente, su comentario sólo hizo que se quebrara en llanto. Giró la cabeza de lado y trató inútilmente de ocultar la cara.

—Yo nunca lloro —dijo entre lágrimas.

Mateo se inclinó para besarla tiernamente en los labios.

—Ya lo sé. ¿Entonces por qué lloras?

—Porque estoy enamorada de ti, desgraciado.

Él hizo una mueca y se recostó sobre la espalda, para apretar la mano contra su hombro que sangraba.

—Creo que el francotirador ha dejado de tirar por el momento. ¿Por qué no intentas llegar a la selva? Mantén la cabeza baja.

Isabela se limpió la cara con la mano y trató de serenarse. Alzó la cabeza apoyándola sobre su codo para oír mejor. Era cierto que habían dejado de disparar, y alcanzó a oír voces que venían del campamento.

—Todo el mundo está despierto. ¿Puedes levantarte? —dijo entre sollozos.

—De momento, no —respondió él, mirando hacia el cielo—. Estoy algo mareado ahora.

Ella se puso de pie y agitó los brazos por encima de la cabeza, al mismo tiempo que gritaba al equipo.

—¡Por aquí! ¡Necesitamos ayuda!

—¿*Profesora?*

Se dio vuelta y vio acercarse a Pedro desde la zona de la selva adonde habían tratado de llegar.

—¡Pedro! —lo observó mientras corría a su encuentro y lo abrazó cuando llegó—. ¡Jamás me he alegrado tanto de ver a alguien! —le dijo—. Mateo está herido. Tenemos que llevarlo con el doctor Ayala.

Cuando por fin ella lo soltó, Pedro se rio y se puso de mil colores; después fue a ayudar a Mateo.

La cara de Mateo palideció por completo cuando se levantó, pero logró mantenerse en pie.

—¿Pedro vio al francotirador? —le preguntó a Isabela.

—No —fue la respuesta de Pedro. Mientras él e Isabela sostenían al herido, continuó—: No vi ni escuché nada. Estaba en la selva buscando plantas interesantes para dibujar.

Mateo abrió la boca para responder, y luego perdió conocimiento.

Capítulo Doce

—Listo. Ya terminé —el doctor Carlos Ayala puso una última tira de cinta adhesiva sobre la venda en el hombro de Mateo—. Sacamos rápidamente la bala, así que lo más probable es que no se le infecte la herida —dijo en un inglés muy afectado—. Sin embargo, me gustaría mantenerlo un poco en observación, por si acaso.

Mateó se sentía soñoliento por el analgésico que le había suministrado el doctor Ayala antes de sacarle el pequeño pedazo de plomo de su hombro, y se frotó los ojos con su mano sana. Analgésico o no, todo el proceso le había dolido como un demonio. Igual que cuando había ido al dentista para que le curaran una caries, y la anestesia le había hecho efecto sólo después de la cura.

El doctor le puso un cabestrillo de tela azul en el brazo y lo fijó apretadamente para inmovilizar el hombro.

—Deberías simplemente ir a tu tienda de campaña para descansar —Ayala se giró para lavarse las manos en el pequeño lavabo metálico, ubicado en el fondo del consultorio. La clínica no tenía mucho más que un cuarto con áreas encortinadas, unos antiguos monitores y unas cuantas máquinas en diferentes lados, pero Mateo se dio cuenta de que Ayala era todo un profesional. A pesar de sus pésimos analgésicos.

—Gracias, doc —le dijo sinceramente—. Te lo agradezco.

Ayala asintió con la cabeza y sacó dos frascos de medicamentos marrones de un armario blanco y percudido.

—Esto es penicilina. Es para combatir cualquier infección que te pudiera provocar la bala, así que necesitas tomarla toda. Y esto es un analgésico —levantó una pequeña bolsa de papel de la mesa y puso los dos frascos en el interior. La bolsa crujió en sus manos morenas al entregárselo a Mateo.

—Oye, ¿doctor? —Mateo se despejó la garganta porque se sintió repentinamente avergonzado por sus acciones de la noche anterior—. ¿Entró Isabela conmigo? —no recordaba mucho respecto a su llegada a la clínica, aunque sí se acordaba de que lo habían cargado como si fuera un niño. Sin embargo, cuando el doctor había empezado a revisarle el hombro, se había despertado rápidamente.

—Sí, pero la mandé para afuera cuando insistió en gritarme una y otra vez que no te fuera a lastimar —Ayala le sonrió y enganchó los dedos pulgares en los bolsillos de su bata de médico—. Está enamorada de ti, ¿no?

Mateo meneó la cabeza. Así era su Isabela.

—Espero que sí —se deslizó de la camilla, y se quedó parado frente a Ayala—. Tengo que ir a buscarla —dijo. En algún punto esperaba que el doctor se lo impidiera, dado que tenía que descansar. Mateo descansaría, pero sólo después de ver a Isabela. El francotirador estaba ahí, en alguna parte, y no iba a permitir que Isabela se alejara de su lado sin antes encontrar a la persona responsable.

—Ah, y vino tu amigo, Pedro —me dijo que te dijera

que Isabela y él iban al templo para hacer unos dibujos. Dijo que sabrías cuáles.

—No. Me niego a creer que tuviera algo que ver en todo esto. Isabela sacudió la cabeza, y sintió que la furia se apoderaba de ella. Se sentía tranquila sabiendo que Mateo estaba en buenas manos con el doctor Ayala. Se vistió y se encargó de llevar a todo el equipo a un hotel, regateando con los gerentes y encargados para que le hicieran un precio de cliente local, en lugar del precio de *gringo,* por cada una de las cuarenta habitaciones. Estaba cansada, de malas y necesitaba desesperadamente estar con Mateo. Regresó con Pedro y con Tomás para empacar sus cosas, y se encontró con toda la excavación en completo desorden.

La cuadrícula que habían marcado había sido aplastada y arrancada, como si hubiera pasado una tribu de salvajes. Las bandejas con las piezas que habían dibujado y registrado con tanto esmero estaban en el suelo, y muchas de las piezas estaban en el suelo de la tienda del comedor, hechas añicos. Ella buscó entre los escombros, y al encontrar los pedazos rotos de la máscara de jade que había sido el rostro de la Dama Roja, se sintió físicamente enferma. Se limitó a mirarla durante varios minutos, hasta que llegó Tomás para decirle que faltaban muchas de las piezas más grandes y valiosas que habían descubierto.

Había vuelto a suceder lo mismo.

Isabela se sintió otra vez como en la temporada anterior, cuando su excavación había sido saboteada y la colección de estatuas perfectamente esculpidas que habían encontrado en el altar del Templo 10 había desaparecido.

Las estatuas eran de un valor incalculable, igual que todo lo que faltaba ahora. Como lo era también la máscara de la Dama Roja.

—¡Cuernos! —Isabela golpeó una de las mesas con la mano. Los vejetes del plantel docente de Lafayette se regocijarían con toda esta historia.

—Mateo no tiene absolutamente nada que ver con todo esto —les dijo de nuevo a los dos arqueólogos; las miradas que se intercambiaron la hicieron sentirse cada vez más impotente—. Por el amor de Dios, al hombre le dispararon por tratar de protegerme.

—Isabela —insistió Tomás—, nosotros, los arqueólogos, somos los únicos que tenemos acceso a esta parte del parque. El sabotaje sucedió mientras estuvimos acompañando a todos al hotel. La única persona que pudo haberse metido y salido de ese caos sin ser visto tuvo que ser uno de nosotros —se mordió el labio y la miró con expresión de consternación—. Mateo es de alguna otra universidad en los Estados Unidos, ¿no? Quizás se trate de meras envidias profesionales. Después de todo, tú fuiste la que descubriste la tumba.

—Los *dos* descubrimos esa tumba —espetó ella, y Pedro se estremeció al escuchar su tono—. Ay no, ¡la tumba! — dejó de mirar los despojos de su trabajo para fijar la vista en el templo que sobresalía de la antigua ciudad—. Tengo que ver si... —Isabela no pudo ni considerar la posibilidad. Habían mantenido en secreto el trabajo que habían hecho adentro del templo. No podía ser que los malhechores hubieran entrado.

Cuando llegó al templo, subió de dos en dos los peldaños de las escaleras hasta llegar a la cima. Dio la vuelta por el pilar de soporte y se quedó helada al ver la entrada al pasaje subterráneo. Para su horror, estaba abierto.

Sin detenerse a pensar, entró, y caminó lo más silenciosamente posible para bajar las escaleras hacia la primera cámara.

Y ahí, bajo el resplandor de una antorcha, en presencia de los nueve caballeros del bajo mundo maya que escupían fuego detrás de ella, estaba la mujer rubia de sus pesadillas. Y Mateo estaba en el cuarto con ella.

Tomás estaba en lo cierto. Mateo la había traicionado.

Isabela sacudió la cabeza, casi negándose a creer lo que veía con sus propios ojos. La cabeza de la Fundación Quinn era la mujer que había besado a Mateo en San Luis, mucho tiempo atrás, y era la misma que Isabela aún veía en sus pesadillas. Mateo siempre lo supo, y no se lo había dicho.

Isabela subió de nuevo las escaleras, salió del pasaje, y se tropezó con las lozas que servían de protección a la entrada de la tumba. Se detuvo un momento para tomar aire y respirar hondo, temerosa de caerse si no recobraba la compostura antes de descender la escalinata del templo.

Era tal y como lo había soñado.

Miró el orificio en el suelo que marcaba la entrada a la tumba. *No sabes nada de sueños. De lo único que sabes es de tus miedos.* Oyó la voz de su abuela que le hablaba a sus pensamientos, como si estuviera a su lado. Al acercarse a los pilares de piedra que adornaban la entrada del templo, Isabela se paró de golpe como si una gran mano invisible le impidiera escaparse.

Confía en mí esta vez. Confía en esto.

Presionó las palmas de las manos contra sus ojos.

Espera un momento, Santana. Piensa.

A pesar de no conocer personalmente a la directora de la Fundación Quinn, Isabela intuyó que algo raro pasaba cuando aprobaron con tanta facilidad los fondos para la beca. El mismo empleado que les había concedido la beca estaba sorprendido. Ella lo sabía, pero no quería reonocer que lo sabía porque le habría costado la Dama Roja. Ahora le podría costar todo.

Al recordar los sucesos de la noche anterior, Isabela reconoció también que no era posible que Mateo hubiera fingido lo que había pasado entre ellos. A pesar de que no le dijo literalmente que la quería, ella sentía que con cada gesto y cada mirada que había cruzado con ella le había transmitido la verdad, mucho más allá de las palabras bonitas. Él había vuelto con ella. Le había regalado la Dama Roja y no había pedido nada a cambio. Le había hecho el amor con una emoción tan verdadera que la había asombrado. Dios, si hasta lo habían herido por salvarla a ella. ¿Y cómo se lo pagaba? Lo había dejado a solas en una tumba a punto de derrumbarse con la psicótica Barbie cazadora de tumbas.

Armándose de valor, Isabela volvió a entrar en la pirámide para enfrentarse con los demonios.

Bueno, doctora Santana, que amable de su parte acompañarnos —dijo la mujer, y la malicia de su sonrisa opacó sus armoniosas y perfectas facciones—. Permítame presentarme. Me llamo Adriana Quinn. Soy una vieja amiga de Mateo.

Isabela sacudió la cabeza. Retrocedió unos pasos y se topó con una figura sólida.

—Hola, Isabela.

La voz de Mateo. Sus manos estaban apoyadas sobre los hombros de ella. Isabela se giró para mirar un par de ojos muy azules que conocía muy bien. Sólo que esta vez, la miraban con absoluta frialdad.

—¿Estás bien, Teo? —preguntó, y sintió que perdía confianza en sí misma.

Mateo le contestó con una sonrisa rapaz, mientras caminaba a su alrededor. Se acercó a Adriana y le rodeó el hombro con un brazo, besándola hasta que Isabela sintió que se ahogaba—. Ya oíste a Adriana —dijo—, somos viejos amigos.

—No. No es cierto —Isabela se cruzó de brazos y se enterró las uñas en los antebrazos—. Ella te pegó un tiro.

—Un terrible accidente —ronroneó Adriana, y alisó su cabello rubio claro con una mano perfectamente cuidada—. Jamás hay que confiar en la gente local.

—Lo siento mucho, Isabela —dijo Mateo, y recogió una estatua de obsidiana del suelo para sacudirla contra su pantalón—. Es una lástima lo de tu titularidad.

Isabela siguió sus movimientos y notó que el suelo estaba cubierto de preciosas piezas, probablemente robadas de la tumba del fondo.

—Sí, es una lástima —dijo Adriana con un puchero—. Pero apreciamos tanto tu ayuda para conseguir estos nuevos artículos para nuestra colección. Tenías razón. La Dama Roja está ahí de verdad.

—Estas piezas... merecen... estar en un museo —espetó desdeñosa.

Adriana se rió, y esa acción hizo que Isabela se sintiera atrapada en algo mucho peor que sus peores pesadillas—. Ay, mi amor, es que es cierto que se siente como Indiana Jones, ¿verdad?

—Mateo, yo te conozco —Isabela enderezó los hombros y lo miró directamente a los ojos—. No comprendo qué es lo que te ha hecho esta loca, pero yo sé que no me mentiste todo este tiempo.

Él dio dos largas zancadas para atravesar el cuarto y se paró frente a ella con una sonrisa de desprecio.

—No, doctora Santana —dijo—. La loca eres tú si

crees que alguna vez te pudiera amar. No eres digna de amor —la empujó contra la pared, cerca de la puerta.

Ella sintió el golpe en el hombro, e hizo una mueca de dolor.

—No. No te voy a dejar —sacudió la cabeza y lo empujó al pasar para encararse con Adriana, que estaba sacudiéndose su traje pantalón azul claro—. Yo no sé qué tipo de jueguito está jugando, Quinn —continuó—, pero más le vale que suelte a Mateo y que no vuelva a contaminar esas piezas con sus sucias manos.

Mira, Santana —comenzó Mateo.

—Me resultas perfectamente transparente, Mateo. Gracias por intentar quitarme de su camino, pero no me voy a ninguna parte —. Cuando él trató de protestar, Isabela lo miró directamente a los ojos. Lo único que vio en ellos fue amor—. Así que más te vale que dejes de comportarte como un macho idiota —dijo suavemente—, en caso de que ella nos mate y esas palabras sean las últimas que logres decirme en esta vida.

—Y un demonio, Isabela —le dijo, y ella se sintió mareada por el alivio. Realmente la quería.

—Bueno, pues felicidades, doctora Santana —Adriana sacó una pequeña pistola del bolsillo de su saco y le apuntó directamente a ella—. Has adivinado mi próximo paso. Lástima que de todas formas no te sirve de nada.

Mateo dio un paso hacia el costado para pararse cerca de Isabela.

—¿Entonces fuiste tú quien nos disparó en el parque? Tienes muy mala puntería.

—Cállate, Esquivel —la mano de Adriana temblaba un poco al escupir las palabras, y su cara se torció en una mueca de rabia. Su expresión se suavizó de repente y sonrió con expresión casi angelical—. Fue uno de mis colegas de mayor confianza. Creo que lo conoces. Afortunadamente para mí, era uno de sus favoritos también, doctora Santana.

—¿Tomás? —preguntó Isabela, y recordó cómo el ingeniero había tratado de convencerla de que Mateo la había engañado.

—Vuelve a acertar —dijo Adriana con una voz cantarina—. ¡Hombres! Te acuestas con ellos una vez, y son capaces de traicionar a sus mejores amigos con tal de que te vuelvas a acostar con ellos.

Isabela se quedó boquiabierta.

—¿Pedro? —exclamaron ella y Mateo al unísono.

—Así es. El pobre Pedro es tan patético que cree que está enamorado.

—Lo voy a matar —murmuró Mateo.

—No. Yo soy la que lo voy a hacer —dijo Adriana, preparando el tambor del revólver que hizo un sonoro clic—. Pero primero tengo que deshacerme de dos problemitas.

—¿Y qué me cuentas del incendio en el Salón de Rufino? —preguntó Isabela para ganar un poco de tiempo e intentar pensar en alguna manera de sacarlos de ahí sanos y salvos. Todos los villanos locos de todos los libros que había leído siempre se jactaban al hablar de su inteligencia. Esperaba que Adriana no fuera una excepción—. ¿Fuiste tú?

Adriana sonrió generosamente.

—Sí. Pagué a un profesional para hacerlo. Fue un incendio glorioso, ¿verdad?

—No lo comprendo —dijo Isabela—. ¿Para qué quemar el lugar del empleo de Flor? Jamás te ha hecho nada.

—Vamos Isabela, piensa —dijo la mujer guiñándole

un ojo—. Lo único que hice fue investigar un poco en tu pasado para darme cuenta de lo unida que es tu familia. Como le dije a Mateo cuando me acompañó aquí al templo, era a él a quien quería. Tengo mis escrúpulos.

—¡Qué bonito! —dijo Mateo con sarcasmo—. Una asesina con escrúpulos —se giró hacia Isabela—. Ella sabía quién era yo desde un principio. Aun cuando nos conocimos en San Luis. Ella estaba jugando conmigo entonces, para tratar de sonsacarme lo que yo sabía del trabajo de mi madre.

Adriana hizo caso omiso a sus palabras, y se arregló el pelo con una mano mientras sostenía la pistola con la otra.

—Yo esperaba que te quedaras un tiempo en casa, consolando a tu pobre hermanita, y así poder tener a Mateo para mí solita ese tiempo. Cuando vi que no había funcionado, pensé que un poco de veneno de alacrán las obligaría a estar un tiempito en el hospital de San Pedro. Quitándote del medio, yo podría sacarle a Mateo los mapas de Joana y luego deshacerme de él con la menor cantidad posible de testigos. Cuando ustedes regresaran, yo ya tendría en mis manos los mapas de Joana, a cambio de tu energía y tus conocimientos —los ojos de Adriana brillaron mostrando su codicia—. Pudimos haber compartido la gloria de la Dama Roja, Isabela. Y ahora que ya la encontraste tú, todavía lo podemos hacer. Tengo un comprador listo que nos puede hacer más ricas de lo que hemos soñado jamás.

Los pensamientos de Isabela corrieron por su mente, pero no encontraba ninguna otra salida del templo. Por lo visto, nadie sabía que estaban ahí. Con excepción de Tomás y Pedro, el traidor, nadie del equipo sabía siquiera de la existencia de la cámara donde se encontraban en estos momentos. Contempló la posibilidad de atacar a Adriana, pero lo más probable era que saliera herida en el intento.

—¿Por qué tanto interés por la Dama Roja? —preguntó, tratando de ganarr más tiempo—. ¿Por qué le daba tanta importancia al descubrimiento de Joana Esquivel? ¿Por qué no se dio por vencida y buscó otro proyecto?

La máscara tan cuidadosamente controlada de Adriana se derrumbó de nuevo.

—¿Tienes alguna idea de lo que es ser pobre? ¿De lo que significa pasar la infancia sin nada? Yo pasé toda mi infancia en un pueblo exactamente como este infierno. Es la mejor lección que tiene la vida para que no dé uno nada por sentado.

—Entonces, llévatelo —dijo Isabela—. A mí no me interesa ser rica. Llévatelo y déjanos en paz.

—Ah, no —Adriana abrió grandes los ojos y movió la pistola en dirección de ellos—. Yo le di a Joana Esquivel *mi* dinero para encontrar a la Dama Roja. Ella me lo prometió. Tenía a los compradores listos para el descubrimiento más importante del siglo en el mundo maya, y luego la hija de perra se echó para atrás. Casi arruinó mi reputación. Ningún coleccionista de antigüedades quiso tener nada que ver conmigo. Hasta ahora.

Isabela sintió que Mateo se había puesto justo detrás de ella. Ella quería darse vuelta para consolarlo, pero no se atrevía a dejar de hablar con Adriana.

—Yo sabía que le tenía que haber pasado esa información a alguien —continuó la mujer recobrando nuevamente la compostura—. No me costó mucho trabajo enterarme de la existencia de su hijo. Y más o menos a estas alturas del año pasado, él empezó a mostrar demasiado interés en tu insignificante excavación del Templo 10.

—Entonces fue cuando me saboteaste la excavación —dijo Isabela.

Adriana se encogió de hombros.

—Tenía que saber qué era lo que habías encontrado. No era mucho. No conseguí mucho dinero a cambio de esos patéticos cacharritos. No eres mucho mejor que Joana para encontrar objetos valiosos.

Mateo respiró hondo.

—Me sentí tan bien cuando la mandé matar —continuó Adriana—. Fue una lástima que no pudiera hacerlo yo misma. Pero me tomo la revancha matando a su hijo.

Con un grito casi salvaje, Mateo empujó a Isabela a un lado, y lo vio con una navaja de jade arriba de la cabeza. Con un rápido movimiento de muñeca, lanzó la navaja todo recto delante de él. Parecía como si se moviera en cámara lenta, desplazándose en el aire hasta pegar en el blanco, y pegó en la mano de Adriana con un golpe seco que le hizo caer la pistola. Logró disparar antes de soltar el arma, e Isabela observó impotente a Mateo desplomarse al suelo.

Por puro instinto de supervivencia, Isabela corrió para rescatar la pistola. Se deslizó por el piso de piedra y la tomó con la mano. La apuntó en la dirección de Adriana mientras la mujer corría escaleras arriba. Se dio cuenta de que no podía detener a Adriana, así que tiró la pistola y se levantó para ver qué podía hacer por Mateo.

—De verdad espero que esa mujer me deje de disparar —dijo él bromeando, sin dejar de apretar la zona inmediatamente superior a la herida, en su muslo.

—Mateo —Isabela puso la mano sobre la suya, y su pánico parecía tangible—. ¿Estás bien?

—No puedo caminar —dijo él, y su voz se quebró al inclinarse sobre su pierna—. No puedo ni salir de aquí.

Esa mujer asesinó a mi madre, y yo ni siquiera puedo caminar para salir de aquí.

—Mateo, mi amor, déjala ir —a Isabela se le había hecho un nudo en la garganta, y hubiera preferido que Adriana le disparara a ella antes que ver sufrir a Mateo—. La encontrará la policía. No hay nada que puedas hacer. Tienes que dejarla ir.

—Un demonio, Isabela, tú la oíste. Ella mató a mi madre, y se va a escapar —luchó para levantarse sólo para volver a desplomarse en el suelo. A Isabela se le partía el alma.

Isabela miró su pierna. Estaba sangrando, pero no mucho.

—No voy a permitir que te haga esto —dijo, y corrió a la puerta.

—¡Isabela!

Al llegar a la cima del templo, se dio cuenta de que de ahí podía ver toda la parte sur de las ruinas. Percibió una mancha azul claro. Al río. Adriana se dirigía al río. Isabela se lanzó escaleras abajo, bajando lo más rápido posible sin caerse.

Llegó abajo corriendo. Sintió un calambre en un costado, pero no se detuvo. Esquivando árboles y estelas, se diría casi que volaba por el parque, tras los pasos de la mujer que había matado a Joana Esquivel.

Un crujido de ramas se oyó más arriba de ella. Isabela miró en esa dirección y vio a Adriana trepando por la colina que desembocaba en la orilla del Río Copán.

—Estás a punto de llegar al final del camino sin salida, querida —dijo Isabela con gran satisfacción.

Desafortunadamente estaba equivocada. Las caminatas nunca habían sido su deporte favorito, así que hacía mucho que Isabela no escalaba esa colina en particular.

Al otro lado había un precipicio que daba al río. La gente local había construido un puente tambaleante de madera y soga que unía la colina donde estaba en este momento, con la ladera del precipicio del otro lado. El puente debía estar suspendido por lo menos a cien metros de altura. Abajo, los rápidos del río y no era una construcción segura en la que podía confiar. Sin embargo, Adriana estaba desesperada y bastante loca. A pesar de que Isabela no alcanzara a verla, ella sabía que Adriana probablemente había atravesado el puente y que seguramente estaría escondida en un grupo de árboles del otro lado. No había otro remedio, aparte de tirarse al río.

Después de rezar un momento, Isabela dio un paso sobre el primer peldaño de madera del puente. El puente se movía con el viento, y las cuerdas rechinaban en una especie de cacofonía de bisagras oxidadas. Lentamente, Isabela levantó el pie y lo colocó en el siguiente peldaño. Luego dio el tercer paso, y luego el cuarto. Había pasado casi un cuarto del puente cuando tuvo un presentimiento de mal augurio. Sabía muy en el fondo de su corazón que no lograría llegar al otro lado de ese puente.

En ese momento, Adriana saltó desde atrás de un árbol, esgrimiendo una sonrisa propia de una enferma. El metal de una navaja brilló bajo el sol mientras cortaba las cuerdas que sostenían el puente. Isabela jadeó con terror, y regresó por donde había venido lo más rápido posible. El puente se movió violentamente por el golpe de Adriana, pero no se cayó. Isabela llegó a tierra justo cuando Adriana, en su segundo intento, logró lo que quería. El puente se inclinó a 180 grados, lo que habría provocado la muerte segura de Isabela, de haber seguido ahí.

Isabela se maldijo por haber tirado la pistola, mientras examinaba la ladera en busca de otra solución para cruzar. No había otro puente, no había ningún sendero que llegara al fondo, nada. Excepto...

Se frotó los ojos con la mano, casi sin poder dar crédito a lo que veía. De las ramas de un viejo roble que se alzaba cerca del precipicio colgaba una cuerda gruesa y fuerte con un nudo en la punta. Parecía lo suficientemente larga para llegar al otro lado.

—No puedo creer que esté considerando esta locura —murmuró agarrando la cuerda con una mano, que se movía por la fuerza del viento. La llevó lo más lejos que pudo del precipicio, ya que cuanto más larga fuera la carrera, mayor probabilidad había de alcanzar el otro lado del río. Ya se preocuparía después por cómo regresar.

Piensa en otra cosa, se dijo a sí misma tratando de alejar de su mente las imágenes de los torbellinos de agua en el río. *Piensa en los pastelitos. Te puedes comer toda una caja si haces esto.* Se aferró fuertemente a la cuerda y puso un pie sobre el nudo en la punta, y el otro pie le sirvió como única ancla en tierra firme. Respiró hondo y cerró los ojos. *¡Dios! Cómo odio la altura.* Levantó el otro pie.

La cuerda se columpió suavemente sobre la orilla del precipicio, y una fuerte ráfaga de aire le sopló el cabello en la cara. Un vistazo a los remolinos de agua, un destello del cauce arenoso del río y casi terminaba. Luego se soltó. Durante una fracción de segundo, Isabela María Santana estaba volando, y luego tocó tierra con sus pies.

Espera nada más a que le cuente a Graciela todo esto, murmuró al aterrizar para luego rodar por tierra. Se puso de pie, y buscó el color azul claro.

—¿Me buscabas? —Adriana salió calmadamente del

bosque, con la navaja en la mano—. Así que, vamos a ver. Yo tengo una navaja y tú... no tienes nada —sonrió—. ¿Adivina cuál de nosotras será la reina de la montaña?

—Hmmm —Isabela fingió estar pensando—. Supongo que serás tú.

—Así es —Adriana se lanzó hacia ella, el ruido de la hoja resonó en el aire. Isabela metió la panza y poco poco se salvó de que la cortara en dos por la cintura.

—Vamos —dijo con una voz controladamente calmada—. Tú puedes hacerlo mejor- una Adriana enojada tendría menos puntería, esperaba Isabela.

La navaja volvió a cortar el aire. Esta vez, Isabela no fue tan rápida al esquivarla. Le hizo un corte diagonal en el brazo justo arriba de la muñeca, pero superficial.

—Está bien. Puedo deshacerte, pedazo por pedazo.

—Tira esa navaja y aléjate de ella, Adriana.

Isabela pensó que estaba teniendo visiones, hasta que miró a Mateo con la pistola de Adriana en la mano.

—Mateo, ¿cómo...?

Isabela no pudo recordar cómo sucedieron las cosas después. Se imaginó que Adriana simplemente sintió que no tenía nada que perder y que quería derribar a alguien. Lo único que recordaba Isabela era que cuando había girado la cabeza para mirar a Mateo, Adriana se lanzó hacia ella. Isabela sintió su movimiento antes del impacto, y aun cuando Mateo gritó para advertirle, reaccionó doblando su cuerpo hacia abajo. En el preciso momento en que la mujer chocó contra ella, concentró todo su peso en ese hombro. Y luego sólo una de ellas seguía de pie.

Antes de que Isabela pudiera evitarlo, Adriana se cayó hacia atrás, hacia el precipicio, y hacía giros violentos con las manos para aferrarse con lo que fuera para no caerse al vacío. Isabela trató de alcanzarla, y al cruzarse sus miradas, las dos supieron que era demasiado tarde. Isabela se hincó sobre la tierra, sin poder mirar a Adriana que se desbarrancaba. Suspiró al darse cuenta de que los gritos de Adriana se habían acallado, y se aferró con fuerza al pasto cuando se percató de la magnitud de lo que acababa de suceder.

—Ay no, la he matado.

—Isabela —sintió que la abrazaba Mateo y se apoyó en él—. Está bien.

Ella enterró la cara en el hombro de él, y su cuerpo temblaba como nunca.

—Es que yo la maté.

—Tranquila —le acarició el cabello—. Tú no tienes la culpa. O eras tú o era ella, Indiana. Caray... ella debería haberse dado cuenta de que perdería si se metía contigo.

—Pero... —Isabela dio un paso para atrás, con una pregunta que se formaba en su mente—. ¿Cómo pudiste...?

—No lo sé —dijo tranquilamente—. Por momentos no podía caminar, y al minuto siguiente estaba corriendo casi como si estuviera en una maratón para poder alcanzarte —la estrechó con más fuerza, y ella sintió que el cuerpo de él también temblaba. Sus temblores ya estaban desvaneciéndose, y ella se sentía protegida y segura en la calidez de su abrazo.

—No vuelvas... —comenzó a decir con voz quebradiza—. No vuelvas a cometer semejante tontería en tu vida. ¿Qué es lo que estabas pensando lanzándote en busca de Adriana sin arma alguna? ¿Qué eras la Mujer Maravilla?

—Lo siento —dijo ella, con los ojos cerrados para disfrutar de esa fragancia tan suya mientras la abrazaba y se preocupaba por ella.

—Casi me mata la preocupación cuando te fuiste, porque sabía que podías morirte por mi culpa.

—Ni siquiera lo pensé. Lo único que sabía era que no podía dejarla escapar habiéndote lastimado tanto —alzó la vista para mirarlo y tocó su rostro con la mano. Él le tomó el brazo y arremangó su blusa para examinar el corte de su muñeca.

—Es sólo un rasguño —dijo ella—. Gracias a ti. ¿Cómo atravesaste el río?

Satisfecho al comprobar con sus propios ojos que el corte era superficial, la abrazó más fuerte.

—Hay un puente más estable a unos cuantos metros río arriba. Había estado ahí antes, así que ya lo conocía.

—Yo misma tengo la culpa por no explorar las montañas —murmuró Isabela, sintiendo el fuerte latido de su pulso contra la mejilla.

—Pero aunque no hubiera habido un puente, me las habría ingeniado para alcanzarte. Yo...

No terminó la frase, e Isabela levantó la vista para perderse en la intensidad de sus ojos.

—¿Qué, Teo?

—Te amo, Isabela María Santana. Quédate conmigo. Cásate conmigo. Sé mi esposa. No podría soportar otros siete años sin ti.

Ella se aferró a la camisa de él y se acurrucó en su hombro. Se quebró en llanto. Sintió su risa suave mientras la abrazaba.

—¿Tan malo soy? Jamás quise hacerte llorar, Indiana.

—Yo no estoy llorando. Nunca lloro —sollozó mientras limpiaba sus lágrimas.

—¿Quiere decir que sí o que no?

Ella le rodeó el cuello con sus brazos y lo atrajo hacia ella, y con un solo beso le expresó todo su amor, todas sus esperanzas y todos sus sueños.

—Que sí. Por supuesto que sí —susurró.

Cuando Flor los encontró varias horas más tarde, jurándoles que Hermoso la había llevado a ellos, todavía estaban sentados en la cima de la colina, mirándose mutuamente a los ojos. Varios integrantes del grupo de rescate que habían organizado Tomás y Carlos Ayala los ayudaron a bajar por el lado opuesto de la montaña, lo cual fue un proceso muy doloroso en el caso de Mateo porque de nuevo no podía apoyarse en la pierna herida. Pedro se entregó a disposición de las autoridades al enterarse de lo que había sucedido. La voz corrió de vecino en vecino por toda la ciudad, convirtiéndose en leyenda.

Muchos, muchos años después, la historia se agrandó, como suele suceder con las leyendas en los pueblos, cada uno le va agregando algo de su cosecha o un elemento sobrenatural. Pero lo único que todos los relatos de los hechos tenían en común, el único elemento que la gente de Copán juraba y perjuraba que era cierto, era que Isabela Santana y Mateo Esquivel sabían volar.

Un adelanto de

JUGANDO CON CANDELA

Por Diane Escalera

Un romance Encanto

¡A la venta en enero!

JUGANDO CON CANDELA

Un trueno resonó extendiéndose por todo el cielo. Le siguió una descarga de luz que iluminó el transparente y mojado vestido de noche que se adhería como una segunda piel al desnudo cuerpo de Mia. De no ser por la serpenteante luz que cruzaba por encima de ella, la inquietante calle estaría completamente a oscuras. Moviéndose lentamente, giró la cabeza a uno y otro lado en busca de algún signo de vida. El agua le chorreaba por los ojos. Descalza y de pie en la curva de una carretera, sin saber donde se encontraba, Mia se sintió paralizada por el miedo. Estaba completamente sola.

Los fuertes latidos de su corazón acompañaban el cielo borrascoso. Se pasó las manos por el pecho; sus pezones estaban endurecidos por la tela fría. A lo lejos, escuchó el débil sonido de un motor en marcha. Cuanto más se acercaba, con mayor nitidez distinguía el rugido. Mia analizó nerviosamente la calle, en busca de un sitio donde esconderse, pero los siniestros edificios que la bordeaban estaban rodeados de altas vallas de madera.

De la nada apareció una moto y frenó frente a ella. Nerviosa, se frotó los ojos, tratando de enjugarse el agua e intentó dar un paso hacia atrás. Sus pies no le respondieron. Se sentía paralizada de la cintura para abajo. Una esbelta figura masculina, vestida de negro de la cabeza a los pies, se bajó de la moto y lánguidamente se quitó el casco negro y brillante. El corazón de Mia latía salvajemente. Nuevamente intentó correr, pero tampoco esta vez pudo hacerlo. El misterioso hombre apoyó el casco. Con un dedo de su mano, cubierta por un guante, le apartó a Mia delicadamente de la cara unos mechones de cabello.

Mia sintió menos terror del que debería de haber sentido y lo miró para verle la cara. Sofocó un grito. Dos brillantes ojos azules se volvieron hacia ella. El resto de sus rasgos permanecían a oscuras. Parecía más bien la sombra de un hombre hasta que Mia sintió su boca que se agarraba a uno de sus pezones apenas cubiertos. Aunque pareciera mentira, ella no lo rechazó. Es más, trató de acercar aún más su cabeza a su pecho, pero sus manos pasaron a través de él.

No pudo emitir ningún sonido cuando intentó gritar. La boca del hombre pasó al otro pecho, y ella pudo sentir la fricción de su lengua moviéndose, tentadora, en la punta endurecida de su pezón. Su cuerpo empapado por la lluvia sintió una descarga de pánico y de placer. Él deslizó su mano revestida de cuero por debajo del vestido de Mia y se lo subió hasta la cintura, dejando al descubierto su cuerpo desnudo. Él miró hacia arriba y sus ojos color zafiro se clavaron en los suyos. Su mano bajó por su abdomen, para descender lentamente y pararse entre las piernas de ella.

Bip... bip. Mia manoteó el despertador que con su pitido la arrancó de aquel profundo sueño. Refunuñando, le echó un vistazo al reloj para ver la hora y se tapó la cabeza con el suave acolchado color marfil. Lexi, su adorable perrita, saltó encima de la cama, y moviendo el hocico, tiró del edredón. Mia la acarició.

—Buenos días, cariño. ¿Cómo ha amanecido hoy mi preciosa?—dijo, acariciando con fuerza el dorado pelo del animal en sus partes preferidas. Lexi respondió con gran profusión de húmedos besitos.

—Supongo que ya estoy despierta ahora, dijo Mia refregándole el hocico con la nariz.

Recordando el siniestro sueño, Mia estiró las piernas de mala gana hasta el borde de la cama. Bostezando, se estiró mientras miraba la habitación de la que más orgullosa se sentía. Tenues rayos de sol entraban a través de las cortinas de seda, reflejándose en el dormitorio de muebles de pino, embellecidos con piezas de metal repujado en forma de hojas. Las velas aromáticas de colores suaves, de diferentes tamaños y formas, colocadas en bonitos platos de cristal, esparcían su perfume por toda la habitación. Un ramo de rosas amarillas descansaba junto a la única lámpara de noche, munida de una sólida base de bronce; almohadones tapizados adornaban la intrincada cabecera de la cama. Era encantadora, y sólo le faltaba una cosa. Un amante.

Con Lexi que regresaba en busca de más mimos, Mia se puso de pie. Mientras se encaminaba lentamente hacia el cuarto de baño, de repente sonó el teléfono y se sobresaltó. —Caray, esta casa parece una oficina hoy —dijo para sí mientras iba a atender el teléfono—. ¿Sí? —gruñó en el tubo.

—Buenos días, cariño —dijo la cálida voz masculina—. Sólo quería estar seguro de que estuvieras despierta.

—Sí, estoy despierta, gracias al despertador, a Lexi y a ti —respondió Mia con un dejo de sarcasmo. John ya sabía que ella no era lo que se dice una persona diurna. Suavizando el tono de voz, ella continuó diciendo—: Pero no es por esto que llamas, ¿verdad?

—Así es. Quería asegurarme de que te sintieras segura con el caso. ¿Tenemos que repasar el plan antes de empezar?

—No, no creo. Lo único es que me sentiría más cómoda si pudiera llevar pantalones. Ya sabes que las faldas y yo... —dijo observando sus piernas desnudas, aunque en realidad no tenían nada malo.

—Lo mismo vale para mí, cariño. Pero está claro que a ti te quedan mejor las faldas.

—Supongo que sí —dijo Mia, riendo al pensar en John con minifalda—. Hablamos más tarde y te mantengo informado de cómo van las cosas.

Mia sabía que John se preocupaba cada vez que empezaban un nuevo caso. No porque ella tuviera problemas para desenvolverse. De hecho era mucho mejor que muchos de los hombres con los que él había trabajado. Mia no dejaba nunca nada pendiente y analizaba todos y cada uno de los detalles con ojo aguzado. Tenía una verdadera pasión por su trabajo y se sentía completamente comprometida con cada nuevo encargo que aceptaban. Siendo sumamente organizada y meticulosa, no se detenía nunca hasta no acabar por completo un encargo. Y lo terminaba bien. Según John, ella sería siempre la jovencita de la que se ocuparía siempre por una promesa. Aquel día lo obsesionaría hasta el final de su vida.

Después de ducharse, Mia recogió su melena color caoba, que le llegaba a los hombros, en un prolijo rodete. Prefería usar un estilo natural, con muy poco maquillaje, pero esta vez decidió llevar un poco más de color que de costumbre. Con un pincel se puso un poco de sombra color cacao sobre los párpados, trazó una fina línea negra pegada a las pestañas, que definían y resaltaban sus preciosos ojos marrones. Luego, movió varias veces el cepillito aplicador en el bote de rímel, y acarició suavemente con él sus largas y tupidas pestañas. Colocó una ligera capa de color rosa oscuro sobre sus bronceadas mejillas y finalmente cubrió sus voluptuosos labios con un lápiz color rojo.

Mientras tanto, Lexi miraba curiosa como Mia se ponía las medias de seda, sacudiendo la cabeza cuando su dueña dejaba escapar alguna exclamación. Escogió un simple saco azul marino. La chaqueta tenía un corte muy femenino que acentuaba su delgado talle. La falda no era demasiado corta, pero dejaba al descubierto sus piernas lo suficiente como para llamar la atención de cualquier hombre. La combinó con una camisa de seda color crema, y unos zapatos de tacón de charol negro que se veían más serios que sexy.

Parada frente a su espejo de cuerpo entero, Mia observó su figura que se veía diferente de la habitual, acostumbrada como estaba a llevar vaqueros y una camiseta. Se analizó de frente, de perfil y por detrás, tirando y aflojando cada prenda hasta que todo le pareció perfecto.

—Ya es hora, Lexi. ¿Estoy bien así o no? —le dijo a su perrita, cruza de labrador. Luego se despidió soplándole un beso en el aire mientras se encaminaba hacia la puerta.

El cielo estaba azul y completamente despejado; el sol enceguecedor brillaba en todo su esplendor. La humedad típica de Florida, tan densa como un caldo, perló inmediatamente de gotitas de sudor la frente y los labios de Mia. Con el aire acondicionado puesto al máximo, Mia conducía con suma seguridad su vehículo por las estrechas calles de Palm Beach, un barrio que conocía al dedillo. Vislumbró la entrada del parking del banco, y avanzó a través de las infinitas curvas hasta que encontró un lugar libre para estacionar.

Por ahora todo eso formaba parte de la rutina, pero al mismo tiempo sentía la adrenalina que le subía. Se miró una vez más en el espejo y frotó con fuerza un diente manchado con un poco de lápiz de labios.

—Muy bien, Mia, ya estamos. Recuerda lo que tienes que hacer y no pierdas el control. Camina despacio con estos malditos tacones e intenta no romperte la crisma. Y ahora, preparada para enfrentarte con el chico malo —murmuró para sí, mirando al mismo tiempo a su alrededor para ver que nadie la hubiera visto.

—No cierren el ascensor —gritó Mia, corriendo hacia la puerta, con el riesgo de tropezar con sus propios pies—. Malditos tacones —pensó para sí—. ¿Pueden marcar el tercer piso, por favor? —dijo, temiendo tener que esperar el próximo ascensor. Mia levantó la vista y se encontró con un par de ojos azules, los más increíbles que hubiera visto jamás. Su mente se confundió con las imágenes del sueño.

El ascensor se detuvo suavemente y Mia empezó a moverse con pasos lentos y controlados. Aquellos ojos azules no podían ser de ninguna manera testigos de una torcedura de tobillo, especialmente porque acababa de esgrimir una sonrisa burlona en su cara. Se compuso de inmediato e intentó concentrarse en la tarea que la esperaba. Llegó al sitio, y de repente escuchó una voz profunda que le hablaba a sus espaldas y se sobresaltó. Demasiado, para mantenerse compuesta.

—Hola. ¿Es usted Mia Hartmann?—

—Sí, soy yo —contestó Mia girándose. —Y usted debe ser el señor DeLeon— dijo reconociendo instantáneamente esos increíbles ojos azules. Sus mejillas se sonrojaron. Le tendió la mano para estrechársela, sin pensar que aquel contacto pudiera desatar una verdadera corriente eléctrica que le recorrió todo el brazo. Se apuró a retirar la mano. Parecía demasiado joven para ser vicepresidente, y claramente demasiado guapo.

—Por favor, llámame Emilio —dijo mostrándole una seductora sonrisa de lado a lado, como si esos ojos no fueran ya suficiente castigo. Él la miró discretamente, fijando su mirada en sus apetitosos labios color cereza.

—Pasa a mi oficina y toma asiento —le propuso haciéndose a un lado para dejarla pasar.

Ella caminó delante de él y automáticamente su mirada se posó en el movimiento de sus bien moldeadas piernas. —Estoy muy contento de que la agencia haya encontrado a alguien tan pronto —y tan exótica, pensó para sí. —He estado escribiendo en la computadora, tratando de avanzar con el trabajo, pero la verdad es que no puedo hacer malabares con todo lo que tengo que hacer. No sé exactamente hasta qué punto estás al tanto del trabajo, pero ahora mismo te informaré de algunos detalles —era calmo y seguro, con una voz profunda y dulce. Pelo oscuro y corto peinado hacia atrás, con un jopo un poco despeinado que hacía resaltar enormemente sus brillantes ojos azules. Era todo un seductor—. Lo primero es lo primero. ¿Qué tal un café?

—No es mala idea. Dime dónde y voy a buscar para los dos —dijo Mia agradecida por la interrupción. Los acelerados latidos de su corazón resonaron en sus oídos.

—Vayamos juntos, y de paso te muestro el lugar.

—De acuerdo —contestó Mia despreocupadamente, aunque hubiera dado cualquier cosa por estar un momento sola. ¿Por qué estaba perdiendo el control? Eso no era muy de ella. Nunca había tenido problemas para concentrarse en una investigación. Caray, pero si ése era uno de sus puntos fuertes. ¿Qué era lo que hacía tan distinto

este caso? Mejor dicho, quién. Los delincuentes no tenían derecho a ser tan guapos. La tomó completamente
desprevenida. Había conocido a muchos hombres atractivos, pero ninguno le había despertado una auténtica tor-
menta con un simple apretón de manos.

Las oficinas del banco ocupaban toda la tercera planta
del gigantesco edificio de vidrio negro, conocido como
Darth Vader. Era elegante, con una vista fantástica sobre
el centro de la ciudad desde todos y cada uno de sus ángulos. Tampoco era acartonado como muchas oficinas.
El ambiente, cuyas paredes con textura estaban pintadas
de color crema, y el suelo cubierto por una moqueta es-
pesa y mullida, resultaba cálido e invitante. Mia se
quedó impresionada. Gracias a Dios había hecho un trabajo previo en casa, como siempre antes de empezar un
nuevo encargo. Mirando a su alrededor, observó que
todo el mundo iba vestido más o menos de la misma manera, incluida ella misma.

—Hay una última persona que quiero que conozcas
—dijo Emilio, llevándola hacia el amplio rincón de una
oficina—. Hola, chico. ¿Qué tal? —dijo saludando a un
hombre corpulento que estaba erguido en su asiento. Se
saludaron dándose un golpecito con las palmas de las
manos—. Jeremy, ésta es Mia. Trabajará aquí hasta que
contrate a una secretaria definitiva—.

—Hola Mia. Encantado de conocerte —respondió Jeremy, extendiéndole una mano que era dos veces más
grande que la suya. Mia lo miró y dio una paso hacia
atrás.

—No te asustes. Perro que ladra no muerde —advirtió
Emilio pasándole un brazo por los hombros.

—Está bien —dijo Mia sonriendo— el placer es mío.

Por suerte no era a él a quien investigaba. Nadie que estuviera en sus cabales se atrevería a meterse con un tipo de ese tamaño.

—Pues, parece que vas a estar ocupada con éste por un rato. Si te llega a molestar, no tienes más que hacérmelo saber —dijo Jeremy, agarrando la cabeza de Emilio con un brazo. Instantáneamente Mia sintió simpatía por Jeremy que, al igual que Emilio, no se parecía en nada a un típico vicepresidente de empresa.

Una vez finalizado el recorrido, fueron a buscar café y volvieron a la oficina de Emilio.

—Es un lugar muy agradable para trabajar. Todos son muy amables —dijo Mia pasando revista al enorme espacio a su alrededor en un intento de evitar el contacto con él. Cada vez que sus miradas se encontraban, ella sentía que se le retorcía el estómago.

—¿Jeremy y tú son amigos fuera de la oficina?

—En realidad somos compañeros de departamento. Empezamos a compartir la casa y congeniamos enseguida. Debe ser por nuestro retorcido sentido del humor. Empezamos a vivir juntos hace más o menos un año —contestó Emilio, y una vez más su mirada se quedó fija en los labios de Mia—. Nos llevamos bien. Cada uno hace sus cosas, especialmente desde que trabajamos en áreas diferentes.

—¡Qué bien! Bueno y ahora ¿por qué no me cuentas un poco del departamento y sobre lo que hay que hacer? —dijo Mia tratando de mantener la cabeza lúcida—. ¿Qué diablos le estaba ocurriendo?

—Superviso las Operaciones de Ahorros que constituye "desde las bambalinas" un apoyo para todas las áreas —explicó fijando su mirada azul en los ojos color café de la mujer. Su estómago dio nuevamente un salto, el doble de fuerte.

Con la barriga hecha un auténtico nudo, se pasó todo el día analizando archivos. No era difícil imaginarse por qué ocupaba aquel cargo. No sólo era un bombón, sino que además era muy inteligente y un buen conocedor del tema bancario. Tratando de concentrarse en todo lo que él le había dicho, a la hora de terminar se sentía totalmente agotada.

—Mia, vayamos a almorzar mañana y así te cuento algunos otros detalles —gritó Emilio desde su alto sillón de cuero color morado. El escritorio de Mia se encontraba justo afuera de su oficina y podía oírlo con claridad removiendo papeles.

—Me parece una buena idea —contestó mientras juntaba sus cosas. Se levantó y se paró en el umbral de la puerta—. ¿Necesitas algo antes de que me vaya? —Además de concentrarse en la investigación, estaba pensando en lo que se pondría al día siguiente.

—Gracias, pero todo está bajo control. Y además, al menos uno de nosotros tiene derecho a llegar a casa a una hora decente —dijo mostrando una seductora sonrisa que competía con sus increíbles ojos. Él la observó detenidamente mientras ella se iba. Preguntó si necesitaba algo. Esos atractivos labios eran un buen comienzo, si a eso se había referido ella con su pregunta. De repente, esperar hasta el día siguiente le pareció una eternidad.

Mia revoleó los zapatos al otro lado de la habitación y se cambió inmediatamente de ropa. Se puso unos gastados pantalones de jean y un top muy corto que le dejaba

al descubierto el ombligo adornado con un arito, un recuerdo de cuando cumplió dieciséis años. Lexi esperaba
ansiosamente un poco de atención, mientras que Mia se
servía un vaso de vino tinto. Después se echó al suelo al
lado de Lexi.

—¿Cómo ha estado hoy mi bebé? ¡Te extrañé tanto!
—le susurró Mia acariciando la panza de la perrita. Lexi
respondió con su habitual ataque de besos.

Mia pensó en Lexi. Si sólo pudiera encontrar a un
hombre con las mismas cualidades. Amor incondicional,
su mejor amigo, y además que pudiera alimentarlo
abriendo una lata de comida. Habían pasado muchos
años desde que había encontrado a Lexi, abandonada
siendo aún una cachorrita. Para Mia había sido un amor
a primera vista, y no le había costado ningún trabajo ele-
girla entre otros muchos perritos sucios.

Lexi era la compañía ideal para Mia, cuya vida se cen-
traba sobre todo en el trabajo. Sin embargo, tenía la esperanza de que un día las cosas cambiaran, y soñaba a
menudo con tener su propia familia. Las lágrimas empezaron a derramarse por sus mejillas cuando pensaba en
su infancia. Unos golpes en la puerta la distrajeron de
sus pensamientos.

—¿Ha pedido una pizza, señora? —preguntó una voz
de hombre y extendió la bandeja frente a Mia.

—Entra, entra, loco. ¿Qué estás haciendo acá? —preguntó la muchacha tomando la caja que le extendía John.
Lexi empezó a dar vueltas alrededor de sus piernas; su
nariz olía a kilómetros.

—Pensé que tendrías hambre.

—¡Y pensaste bien! —dijo Mia mientras olía la
pizza—. Sírvete un vaso de vino —lo invitó, mientras se
dirigía a la cocina. Era bastante normal que John se apa-

reciera de sorpresa, especialmente cuando empezaban un trabajo nuevo.

—¿Qué tal te fue y cómo es Emilio? —preguntó John, mordiendo un pedazo de su porción cargada de queso.

—Me fue muy bien. Y finalmente pude mantenerme sobre los tacones —le contestó Mia, riéndose de su torpeza—. Emilio es todo un personaje. Me mostró las oficinas y tengo que admitir que son muy lindas. Tienen todo muy bien montado. Es realmente un lugar de clase. Conocí a su compañero de casa que trabaja en otro departamento. Es un tipo grande como un ropero que se llama Jeremy y que se parece a George Foreman pero con un poco más de pelo —dijo mientras arrancaba un trozo de morrón de su pizza.

—Nos pasamos la mayor parte del día analizando archivos. Emilio me invitó a almorzar mañana, y eso será una buena ocasión para escarbar un poco —un dejo de dulzura se expresó en sus ojos—. Sabes qué, John. Es una pena lo de Emilio —su nombre salió de su boca con total naturalidad—. Parece un buen tipo, con los pies en la tierra. Nada que ver con lo que me esperaba.

—Los peores delincuentes no parecen nuca capaces de hacer lo que hicieron —contestó John sirviéndole a Mia otra porción de pizza—. El Consejo de Administración está convencido de que Emilio está robando. Si no hubiera sido por Richard Walker, a Emilio ya lo habrían arrestado.

John bebió un sorbo de vino. —Las evidencias demuestran que el código de acceso de Emilio fue usado para transferir dinero de la cuenta de la anciana, pero por suerte para él, Walker no lo creyó. El único motivo por el que le están dando a Walker una oportunidad de aclarar el asunto es porque es el presidente del banco. Pero ellos se van a seguir cubriendo sus espaldas y ahí es donde entramos nosotros.

—Sí, ya lo sé —dijo Mia mientras se chupaba un dedo—. Pero ¿por qué crees que habrá usado su código? Es demasiado evidente. ¿Le habrán tendido una trampa? —Mia se puso de pie y recorrió la cocina. Se paró, cerró ligeramente los ojos y dijo—: O quizás cuenta con que todos veamos la estupidez de usar su propio código. Podría ser una estratagema para sacárselos del medio.

—Cada día te pareces más a tu padre, querida. Estaría muy orgulloso de ti —con los ojos vidriosos, John terminó rápidamente el vino que le quedaba en la copa. Se giró hacia la perrita Lexi, sentada a su lado, esperando ansiosamente algún resto de comida—. ¿Por dónde tienes pensado empezar? —preguntó el hombre rompiendo el silencio del momento.

Mia se enjugó una lágrima que se le había escapado. Pensaba a menudo en su padre. Si Danny viviera, estaría en la agencia con John y con Mia. Al igual que para John, el trabajo lo llevaba en la sangre. Por eso L & H era el negocio perfecto. No corrían los mismos peligros que cuando estaban en la policía. Sin embargo, la formación y la experiencia adquiridas en el cuerpo de policía era invalorable para sus investigaciones. Podían correr riesgos a veces, pero al menos nadie les pegaría un tiro sólo por llevar un uniforme.

Después de que mataron a Danny, John abandonó la policía y fundó L & H. Así llamó a su agencia, en memoria de su compañero, ya que esas iniciales representan a Lennox y Hartmann. No se podía siquiera imaginar que años más adelante se asociaría con otro Hartmann.

—Creo que mañana me podré aventurar a hacer otras

preguntas —dijo Mia frunciendo la boca—. Además hay un montón de archivos en el cajón del escritorio y otros en el armario. Ya empecé a examinarlos. Por lo que parece, la ex secretaria era bastante meticulosa y organizada. El próximo punto de la lista es la computadora, en la que empezaré a hurgar una vez que haya acabado con los archivos. ¿Y tú qué piensas de su compañero de casa?

—Manténte amigable con él. Por otra parte, todos son sospechosos por el momento, con lo cual nos puede ser útil para ambos objetivos. Además, fíjate en qué puedes averiguar sobre la antigua secretaria. Según El Consejo de Administración, se marchó de manera abrupta. Voy a controlar algunos nombres en la computadora, a ver si sacamos algo en limpio. John empezó a levantar la mesa, dándole algunos trocitos a la agradecida Lexi.

—Gracias por la cena, John. Nos cuidas mucho. Mira lo contenta que está Lexi —le dijo Mia con una amplia sonrisa.

—De nada, querida. ¿Qué menos puedo hacer? —John se acercó a Mia y le acarició la barbilla. Así era John, siempre detrás de las chicas. Le había prometido a Danny que se ocuparía de Mia cuando ésta tenía diecisiete años, y la quería como a una hija.

Ahora tenía veintinueve. Ella y Lexi habían vivido en la casa de su padre durante un tiempo. Después John la había alquilado, pero cuando Mia acabó la Universidad, volvió a instalarse en su casa. Era una casa simple, ubicada en un barrio de los suburbios habitado por gente de clase media trabajadora. Ocupaba un lote cercado de unos dos mil metros cuadrados, y tenía un porche cubierto en el que había un columpio de madera. El aire traía las risas de los niños, y había juguetes y bicicletas desparramados en los senderos aquí y allá. Los vecinos, aunque eran amables, en general hacían su vida.

Mia solía mecerse en el columpio, en el que cabían fácilmente dos personas, imaginándose cómo sería el tener niños correteando por el jardín. Era una casa grande para una sola persona, pero con ayuda de personal y su propio trabajo, se las arreglaba para mantenerla en condiciones. Mia había hecho incluso algunos arreglitos, gracias a que su padre le había enseñado a usar herramientas. Pintar era el máximo de sus pasatiempos. Había vuelto a pintar cada pared, puerta y ventana del interior de la casa. Esperaba que algún día la habitación de huéspedes se pudiera convertir en el dormitorio de un niño. Incluso ya tenía elegido el color.

OBTENGA ESTAS FLAMANTES NOVELAS DE ENCANTO!

__MILAGRO DE AMOR por Gloria Álvarez
$3.99US/$4.99CAN

__LA MEJOR APUESTA por Hebby Roman
$3.99US/$4.99CAN

__JUGANDO CON CANDELA por Diane Escalera
$3.99US/$4.99CAN

__SEGUNDA OPORTUNIDAD por Consuelo Vásquez
$3.99US/$4.99CAN

LOOK FOR THESE NEW ENCANTO ROMANCES!